白魔女リンと3悪魔

レイニー・シネマ

成田良美／著
八神千歳／イラスト

★小学館ジュニア文庫★

白《しろ》魔女《まじょ》リンと3悪魔《あくま》 レイニー・シネマ

White Witch Rin & Three Devils

Contents《コンテンツ》

Characters《キャラクター》

天《あま》ケ《が》瀬《せ》リン

13歳《さい》の誕生日《たんじょうび》に白魔女《しろまじょ》だと
気《き》づいた中学生《ちゅうがくせい》。
それと同時《どうじ》に3悪魔《あくま》と婚約《こんやく》することに!
趣味《しゅみ》は星占《ほしうらな》い、料理《りょうり》、
庭《にわ》のハーブの世話《せわ》、猫《ねこ》の世話《せわ》。
時《とき》の狭間《はざま》に生《う》まれたため、星座《せいざ》はない。

瓜《う》生《りゅう》御《み》影《かげ》

アイドル的《てき》な容姿《ようし》で、
クラスの人気者《にんきもの》。
嫉妬深《しっとぶか》く甘《あま》えん坊《ぼう》で、リンのことが大好《だいす》き。
猫《ねこ》の時《とき》は、ルビー色《いろ》の眼《め》の黒猫《くろねこ》。
悪魔《あくま》の時《とき》は、炎《ほのお》を操《あやつ》る。

前《まえ》田《だ》虎《こ》鉄《てつ》

ワルで喧嘩《けんか》っぱやいが、
愛嬌《あいきょう》があり憎《にく》めない。
自由奔放《じゆうほんぽう》で気《き》まぐれな猫《ねこ》らしい性格《せいかく》。
猫《ねこ》の時《とき》は、タイガーアイの虎猫《とらねこ》。
悪魔《あくま》の時《とき》は、
風《かぜ》、竜巻《たつまき》を操《あやつ》る。

北《ほう》条《じょう》零《れい》士《じ》

成績《せいせき》は学年《がくねん》トップ、
入学式《にゅうがくしき》では新入生代表《しんにゅうせいだいひょう》の挨拶《あいさつ》をした。
クールな言葉《ことば》と態度《たいど》でリンを諭《さと》す優等生《ゆうとうせい》。
猫《ねこ》の時《とき》は、ブルーアイの白猫《しろねこ》。
悪魔《あくま》の時《とき》は、
氷《こおり》、凍結《とうけつ》、ブリザードを操《あやつ》る。

第《だい》1話《わ》 帰《かえ》れない廊《ろう》下《か》

1

「星占《ほしうらな》い部《ぶ》へようこそ。何《なに》を占《うらな》いますか？」

放課後《ほうかご》、わたしは星模様《ほしもよう》のストールをふわりと頭《あたま》にかぶって、首《くび》からかけたスタージュエルのペンダントを胸元《むなもと》に出《だ》して、来《き》てくれた人《ひと》を迎《むか》える。

「もっちろん相性占《あいしょううらな》いだよ！」

と元気《げんき》よく答《こた》えたのは、小学校《しょうがっこう》からの同級生《どうきゅうせい》、青山《あおやま》かずみちゃん。

「今日《きょう》はさ、3年《ねん》3組《くみ》の藤原健介先輩《ふじわらけんすけせんぱい》、あと2年《ねん》8組《くみ》の井上剛先輩《いのうえつよしせんぱい》との相性《あいしょう》を占《うらな》ってほしいんだ。

藤原先輩《ふじわらせんぱい》は10月《がつ》2日《か》生《う》まれの天秤座《てんびんざ》、井上先輩《いのうえせんぱい》は8月《がつ》17日《にち》生《う》まれの獅子座《ししざ》、あたしの彼氏《かれし》には、どっちがいいかな？」

彼氏《かれし》を作《つく》るために全力疾走《ぜんりょくしっそう》しているかずみちゃんの言葉《ことば》を、メモにとりながらうなずいて、

「では調《しら》べますので、紅茶《こうちゃ》を飲《の》みながら少々《しょうしょう》お待《ま》ちください」

尊敬《そんけい》する占星術師《せんせいじゅつし》ミス＝セレナが書《か》いた『キラメキ！　トキメキ！　星占《ほしうらな》いっ!!』という星占《ほしうらな》いの本《ほん》を開《ひら》く。わたしのそばには星座《せいざ》の早見表《はやみひょう》、おもてなしの紅茶《こうちゃ》、そして――３人《にん》の悪魔《あくま》。

右側《みぎがわ》にいる御影君《みかげくん》が椅子《いす》にもたれながら、かずみちゃんに言《い》う。

「おまえさぁ、そうやって何人《なんにん》もの男《おとこ》に声《こえ》をかけてるから、彼氏《かれし》ができないんじゃないか？　ひとりの相手《あいて》を一途《いちず》に想《おも》う、それが愛《あい》だろ」

左側《ひだりがわ》にいる虎鉄君《こてつくん》が机《つくえ》にひじをついて、

「そうかぁ？　ひとりの相手《あいて》だけってつまんなくねえ？　気《き》が合《あ》うか合《あ》わないかなんて、付《つ》き合《あ》ってみないとわかんねーんだし。いろんな相手《あいて》をあたってみるのも手《て》だろ」

わたしのうしろで、零士君《れいじくん》が読書《どくしょ》しながら言《い》う。

「最良《さいりょう》のパートナーは、探《さが》し求《もと》めてもそう簡単《かんたん》に見《み》つかるものではない。大事《だいじ》なのはそういう相手《あいて》と出会《であ》ったときのために、自分《じぶん》を高《たか》め磨《みが》いておくことだ」

３人《にん》の視線《しせん》がぶつかり合《あ》って、一瞬火花《いっしゅんひばな》が散《ち》る。

それを眺《なが》めながら、かずみちゃんは紅茶《こうちゃ》を飲《の》んで、ぷはーっと満足《まんぞく》げに笑《わら》った。

「言《い》い合《あ》うイケメンを眺《なが》めながらお茶《ちゃ》できるなんて、ホントいいわぁ〜、このイケメンカフェ！」

「イケメンカフェ……？」

「うん。ここに来《く》れば、お茶《ちゃ》しながらイケメン3人《にん》とおしゃべりできるって評判《ひょうばん》だよ」

わたしは悩《なや》んだり困《こま》ったりしている人《ひと》たちの力《ちから》になりたくて、星占《ほしうらな》い部《ぶ》を作《つく》り、校内《こうない》の掲示板《けいじばん》にチラシを張《は》った。

『星占《ほしうらな》い部《ぶ》はじめました。占《うらな》い、相談《そうだん》、うけたまわります。お気軽《きがる》にどうぞ』

学園内《がくえんない》で一番高《いちばんたか》い建物《たてもの》の時計塔《とけいとう》、その最上階《さいじょうかい》に部室《ぶしつ》があって、長《なが》い螺旋階段《らせんかいだん》をのぼらないとたどりつけない。あまり人《ひと》が来《こ》ないかもと心配《しんぱい》したけど、階段《かいだん》には順番待《じゅんばんま》ちの女《おんな》の子《こ》たちが連日《れんじつ》ずら〜っと列《れつ》になっている。

イケメンカフェかぁ……星占《ほしうらな》い部《ぶ》なんだけど……わたしは気《き》をとり直《なお》して星占《ほしうらな》いの本《ほん》をめくる。

「牡羊座《おひつじざ》のかずみちゃんと恋愛《れんあい》の相性《あいしょう》がいいのは、獅子座《ししざ》だね。井上先輩《いのうえせんぱい》との方《ほう》が相性《あいしょう》はいいみたい」

「了解《りょうかい》！　よおっし、じゃあ井上先輩《いのうえせんぱい》から攻《せ》めてみる！」

立《た》ち上《あ》がるかずみちゃんに向《む》けて、わたしはスタージュエルを握《にぎ》りながら祈《いの》る。

「かずみちゃんの願《ねが》いが叶《かな》いますように。星《ほし》の加護《かご》がありますように」

「ありがと！　リンリン、まったね～！」

かずみちゃんが勢《いきお》いよく出《で》ていくのを見送《みおく》って、わたしは次《つぎ》の人《ひと》に声《こえ》をかけた。

「お待《ま》たせしました。次《つぎ》の方《かた》どうぞ」

扉《とびら》が開《ひら》くと、待《ま》っていた女《おんな》の子《こ》の集団《しゅうだん》がドッと入《はい》ってきて、３人《にん》をとり囲《かこ》んだ。

「御影《みかげ》くぅん、ヤッホー！」

「会《あ》いたかったよ～♡」

御影君《みかげくん》はちょっとうんざりしたような顔《かお》で言《い》い放《はな》った。

「また来《き》たのかよ、おまえら。毎日毎日《まいにちまいにち》来《く》んなよ」

冷《つめ》たい言葉《ことば》をぶつけられても、女《おんな》の子《こ》たちはうれしそうにきゃっきゃとはしゃぐ。

「きゃ～、御影君《みかげくん》に怒《おこ》られちゃった～！」

「怒《おこ》った御影君《みかげくん》もかっこいい～！」

怒《おこ》っても好《す》かれてしまう、御影君《みかげくん》のアイドル顔負《かおま》けの人気《にんき》は相変《あいか》わらずすごい。

それは虎鉄君《こてつくん》と零士君《れいじくん》も同《おな》じだ。

「ねえ、虎鉄君《こてつくん》はどんな子《こ》がタイプなの？」

「好《す》きな食《た》べ物《もの》は？」

「北条君《ほうじょうくん》の誕生日《たんじょうび》っていつ？」

「今日《きょう》は何読《なによ》んでるの？」

次《つぎ》から次《つぎ》へと投《な》げかけられる質問《しつもん》に、虎鉄君《こてつくん》はめんどくさいとばかりに机《つくえ》に突《つ》っ伏《ぷ》し、零士君《れいじくん》は読書《どくしょ》に集中《しゅうちゅう》して無言《むごん》で応対《おうたい》する。

そんな3人《にん》をうっとりと眺《なが》める女《おんな》の子《こ》たち……みんな、星占《ほしうらな》いよりも御影君《みかげくん》たちに興味津々《きょうみしんしん》だ。

「えっと……紅茶《こうちゃ》、淹《い》れてきます」

部室《ぶしつ》として使《つか》っている円形《えんけい》の部屋《へや》は教室《きょうしつ》くらいの広《ひろ》さがあって、来《き》た人《ひと》がゆっくりくつろげるように椅子《いす》やソファをいくつか置《お》いてある。席全部《せきぜんぶ》が女《おんな》の子《こ》たちで満席《まんせき》だ。

わたしは部屋《へや》のすみっこで紅茶《こうちゃ》をカップにそそいで、「どうぞ、どうぞ」と言《い》いながら女《おんな》の子《こ》たちに配《くば》り歩《ある》いた。おもてなしに淹《い》れた紅茶《こうちゃ》はなかなか好評《こうひょう》で、おかわりする子《こ》もけっこういる。喜《よろこ》んでもらえるのはうれしいんだけど……ますますイケメンカフェっぽいなぁ。

うーんと思《おも》いながら紅茶《こうちゃ》をふるまっていると、女《おんな》の子《こ》たちが気《き》になることを話《はな》しはじめた。

「そういえば知《し》ってる？　行方不明《ゆくえふめい》になった男子《だんし》の話《はなし》」

「知《し》ってる知《し》ってる！　例《れい》の廊下《ろうか》に行《い》ったんでしょ？」

「それ、うちのクラスの入江友弘君《いりえともひろくん》だよ」

「あの噂《うわさ》って、やっぱ本当《ほんとう》なんだ。やだ〜」

わたしは首《くび》をかしげながら、女《おんな》の子《こ》たちにたずねた。

「あのぉ、噂《うわさ》って何《なん》ですか？」

「鳴星学園七不思議《めいせいがくえんななふしぎ》のひとつ、『帰《かえ》れない廊下《ろうか》』だよ」

七不思議《ななふしぎ》――いろんな学校《がっこう》でまことしやかに言《い》い伝《つた》えられる怖《こわ》い話《はなし》。

この鳴星学園《めいせいがくえん》にもしっかりと存在《そんざい》している。

「雨《あめ》の日《ひ》の夕方《ゆうがた》4時《じ》4分《ぷん》にその廊下《ろうか》に入《はい》ると、閉《と》じこめられて帰《かえ》れなくなるって噂《うわさ》があるの。入江《いりえ》君《くん》は怪奇心霊研究部《かいきしんれいけんきゅうぶ》で、学園七不思議《がくえんななふしぎ》を調査《ちょうさ》するために部員《ぶいん》の人《ひと》たちと行《い》ったんだって。それで、みんなで廊下《ろうか》を歩《ある》いてたらいつのまにか入江君《いりえくん》だけいなくなってて……そのまま行方不明《ゆくえふめい》なの」

帰《かえ》れない廊下《ろうか》でひとりさまよってる男《おとこ》の子《こ》――そんな光景《こうけい》が頭《あたま》に浮《う》かんで、ぞくっとした。

「いなくなったのは先週《せんしゅう》の金曜日《きんようび》の夕方《ゆうがた》。先生《せんせい》たちが警察《けいさつ》も呼《よ》んで、みんなで校舎全部《こうしゃぜんぶ》を捜《さが》したらしいんだけど、手《て》がかりなしなんだって」

今日《きょう》は月曜日《げつようび》だ。もう丸《まる》3日《か》、行方不明《ゆくえふめい》ということになる。

「占《うらな》いで、居場所《いばしょ》ってわからないの？」

「わかるわけないじゃーん」

笑《わら》い飛《と》ばす女《おんな》の子《こ》たちに、わたしは言《い》った。

「そんなことありません」

「え？　わかるの？」

「あ、えっと……占《うらな》いでは難《むずか》しいですけど、他《ほか》にちょっといい方法《ほうほう》が」

魔法《まほう》なら、もしかしたら見《み》つけられるかも。

そう思《おも》いながら3人《にん》の方《ほう》を見《み》ると、わたしの考《かんが》えを受《う》けとめるように3人《にん》が言《い》った。

「行《い》ってみるか、その帰《かえ》れない廊下《ろうか》に」

「いいねえ、おもしろそうじゃん」

「では星占《ほしうらな》い部《ぶ》の部活動《ぶかつどう》ということで、まずは現場《げんば》へ行《い》ってみよう」

女《おんな》の子《こ》たちが色《いろ》めきたって騒《さわ》ぎだした。

「わたしも行《い》きたい！　御影君《みかげくん》と！」

「虎鉄君《こてつくん》が行《い》くなら、わたしも行《い》く！」

「北条君《ほうじょうくん》、連《つ》れてって！」

きゃーきゃー騒《さわ》ぐ女《おんな》の子《こ》たちに、零士君《れいじくん》が冷《ひ》ややかに言《い》い放《はな》つ。

「部員《ぶいんいがい》以外の同行《どうこう》は断《ことわ》る」

「じゃあ、星占《ほしうらな》い部《ぶ》に入部《にゅうぶ》する！」

「わたしも！」「わたしも！」と次々《つぎつぎ》とあがる声《こえ》に、わたしはあわてて待《ま》ったをかけた。

「ご、ごめんなさい。いま、新入部員《しんにゅうぶいん》は募集《ぼしゅう》してなくて……」

「なんでよ？」

女《おんな》の子《こ》たちが一斉《いっせい》にわたしをにらんできた。

「どうして入部《にゅうぶ》できないわけ？」

「そうやってあなた、御影君《みかげくん》たちを独《ひと》り占《じ》めしようとしてるんでしょ？」

わ～、そういうことじゃないです！　新《あたら》しい部員《ぶいん》をお断《ことわ》りしているのにはちゃんと理由《りゆう》があるんだけど、それをどう説明《せつめい》すればいいかわからない。刺々《とげとげ》しい視線《しせん》をあびてオロオロしていると、
ゴ――ン……頭上《ずじょう》で、鐘《かね》の音《ね》が響《ひび》いた。

女《おんな》の子《こ》たちがびくっとして、いっせいに見上《みあ》げた。

「び、びっくりした～……鐘《かね》の音《ね》？」

「まさか、時計塔《とけいとう》の時子《ときこ》さん……？」

学園七不思議《がくえんななふしぎ》のひとつ、『時計塔《とけいとう》の時子《ときこ》さん』。時計塔《とけいとう》の鐘《かね》が鳴《な》ると、鳴《な》った数《かず》だけ人《ひと》が死《し》ぬ。

ここはもともと、そんないわくつきの場所《ばしょ》だ。

「でも、何《なに》もいないんだよね……？　だから星占《ほしうらな》い部《ぶ》の部室《ぶしつ》なんでしょ？」

こわごわと問《と》う女《おんな》の子《こ》に、零士君《れいじくん》が無表情《むひょうじょう》のまま答《こた》える。

「星占《ほしうらな》い部《ぶ》はこの部屋《へや》を間借《まが》りしているだけだ。ここの住人《じゅうにん》の了解《りょうかい》を得《え》て」

「じゅ、住人《じゅうにん》って……？」

御影君《みかげくん》がさらりと言《い》った。

「幽霊《ゆうれい》に決《き》まってんだろ」

空気《くうき》が凍《こお》りついたようにシーンとなり、女《おんな》の子《こ》たちの顔《かお》がこわばる。

虎鉄君《こてつくん》が身《み》を乗《の》り出《だ》し、わざと怖《こわ》い声色《こわいろ》でささやくように語《かた》りだした。

「星占《ほしうらな》いの時間《じかん》は、午後《ごご》3時《じ》～4時《じ》まで。どうして4時《じ》までだと思《おも》う？　日《ひ》が傾《かたむ》く夕方《ゆうがた》になると現《あらわ》れるんだ——あいつが」

みんなが壁《かべ》かけ時計《どけい》に注目《ちゅうもく》する。３時《じ》59分《ふん》——1分前《ぷんまえ》だ。

「俺《おれ》らはちゃんと許可《きょか》されてるからいいけど、許可《きょか》されてない奴《やつ》がいつまでもここにいると、ヒジヨーにマズイ。あいつは怒《おこ》るとすぐ鐘《かね》を鳴《な》らすんだ。そして、気《き》に入《い》らない奴《やつ》の命《いのち》を——」

時計《とけい》の針《はり》が4時《じ》をさし、ひときわ大《おお》きく鐘《かね》が鳴《な》った。

ゴ――――ン！

「「「きゃ――――――――っ！」」」

女《おんな》の子《こ》たちは悲鳴《ひめい》をあげながら、全員争《ぜんいんあらそ》うように走《はし》り去《さ》ってしまった。

風《かぜ》もないのにドアが閉《し》まり、鐘《かね》の中《なか》から女《おんな》の子《こ》の幽霊《ゆうれい》がふわりと降《お》りてくる。

「ただいま時刻《じこく》は4時《じ》ジャスト。今日《きょう》の部活動《ぶかつどう》は終了《しゅうりょう》ねっ」

時計塔《とけいとう》に棲《す》んでいる幽霊《ゆうれい》の蘭《らん》ちゃんが時刻《じこく》を告《つ》げる。ずっと止《と》まっていた時計塔《とけいとう》の時計《とけい》は、星占《ほしうらな》い部《ぶ》を始《はじ》めてから動《うご》きだした。

女《おんな》の子《こ》たちがみんないなくなったので、御影君《みかげくん》は黒猫《くろねこ》に、虎鉄君《こてつくん》は虎猫《とらねこ》に、零士君《れいじくん》は白猫《しろねこ》になり、くつろぎはじめた。そして猫好《ねこず》きのわたしは3匹《びき》を見《み》てほんわか和《なご》む。魔界《まかい》から来《き》た悪魔《あくま》は、この世界《せかい》でずっと人《ひと》の姿《すがた》でいるのが疲《つか》れるので、力《ちから》の消耗《しょうもう》を抑《おさ》えるために猫《ねこ》の姿《すがた》になるらしい。

ソファでゴロ寝《ね》する虎猫《とらねこ》に、蘭《らん》ちゃんが苦情《くじょう》を申《もう》し立《た》てた。

「ちょっと虎ニャンコ、わたしは終了時間《しゅうりょうじかん》に鐘鳴《かねな》らしてるだけなのに、怒《おこ》ると鐘鳴《かねな》らすって何《なに》よ？人《ひと》の設定《せってい》、勝手《かって》に作《つく》んないでくれる？」

「そっちの設定《せってい》の方《ほう》がおもしろいだろ」

「人《ひと》の設定《せってい》で遊《あそ》ばないでよねっ。まあでも、入部希望者《にゅうぶきぼうしゃ》を断《ことわ》るには、ちょっと脅《おど》しておくくらいがいいかもね」

蘭《らん》ちゃんはティーカップを片付《かたづ》けるわたしの方《ほう》へ、ふわりと飛《と》んできた。

「リン、『入部《にゅうぶ》はお断《ことわ》りします』ってもっと強《つよ》く言《い》わないと。じゃないとあの子《こ》たち、懲《こ》りずに何《なん》度《ど》も来《き》ちゃうわよ」

「そ、そうだね……ごめん」

「別《べつ》に謝《あやま》ることないけど。あなたが部長《ぶちょう》なんだから、しっかりね」

「はい……がんばります」

幽霊《ゆうれい》の蘭《らん》ちゃんはふつうの人《ひと》には見《み》えない。でもわたしたち以外《いがい》の人《ひと》たちがいると、こうやって蘭《らん》ちゃんと話《はな》すことができなくなるし、御影君《みかげくん》たちも猫《ねこ》の姿《すがた》でくつろげなくなる。だから部員《ぶいん》の募《ぼ》集《しゅう》はせず、入部希望者《にゅうぶきぼうしゃ》もすべてお断《ことわ》りして、占《うらな》いを受《う》け付《つ》ける時間《じかん》も午後《ごご》の3時《じ》から4時《じ》までと限《げん》定《てい》している。

蘭《らん》ちゃんが、星占《ほしうらな》いの本《ほん》の表紙《ひょうし》でポーズをとっているセレナさんを見《み》ながら言《い》った。

「この人《ひと》って、星占《ほしうらな》い師《し》なの？」

「うん、占星術師《せんせいじゅつし》のミス＝セレナだよ。朝《あさ》の情報番組《じょうほうばんぐみ》『スマイルモーニング』で、星占《ほしうらな》いのコーナーをやってるの。セレナさんの星占《ほしうらな》いはよく当《あ》たるって評判《ひょうばん》だよ」

ふーん、と言《い》いながら、蘭《らん》ちゃんは素朴《そぼく》な疑問《ぎもん》を投《な》げかけてきた。

「星占《ほしうらな》いって、本《ほん》に書《か》いてあることを言《い》うだけでいいのかな？」

「う……どうだろう……」

それはわたしも考《かんが》えていたことだった。本《ほん》に書《か》いてあることを言《い》うだけなら、別《べつ》にここに来《こ》なくても本《ほん》を見《み》ればいい。

（星占《ほしうらな》いって、何《なに》をどうすればいいのかな？）

星占《ほしうらな》い部《ぶ》を作《つく》ったのに、星占《ほしうらな》いのやり方《かた》がわからない……それがいま一番《いちばん》の悩《なや》みだ。

蘭《らん》ちゃんは窓《まど》から外《そと》をのぞき、逃《に》げていった子《こ》たちを見送《みおく》る。

「ここに来《く》る子《こ》たちはほとんど、星占《ほしうらな》いより3悪魔《あくま》が目当《めあ》てみたいだし。イケメンカフェって言《い》われても返《かえ》す言葉《ことば》がないわねぇ」

「う……そうだよね……」

すると白猫《しろねこ》がフォローしてくれるように言《い》った。

「用《よう》もない女性《じょせい》が集《あつ》まってくる状態《じょうたい》はあまりかんばしいとは言《い》えないが、しかし無益《むえき》とは言《い》いきれない。彼女《かのじょ》たちの会話《かいわ》はほとんど実《み》のない話《はなし》だが、ごくたまに有益《ゆうえき》な情報《じょうほう》がある」

女《おんな》の子《こ》たちはみんなおしゃべりが大好《だいす》き。その話題《わだい》の中《なか》には、学園《がくえん》の情報《じょうほう》がつまっている。

「『帰《かえ》れない廊下《ろうか》』——実際《じっさい》に行方不明《ゆくえふめい》になっている生徒《せいと》がいるのなら、ただの噂《うわさ》と片付《かたづ》けるわけにはいかない。まして、魔《ま》の事件《じけん》が多発《たはつ》するこの学園《がくえん》では」

「もしかして、グールのしわざ？」

「その可能性《かのうせい》はおおいにある。入江《いりえ》という生徒《せいと》がもしグールにとらわれているならば、自力《じりき》で戻《もど》ってくるのは難《むずか》しいだろう」

グールのしわざだという可能性《かのうせい》があるなら、放《ほう》ってはおけない。

「みんなで、入江君《いりえくん》を捜《さが》しに行《い》きましょうっ」

わたしは星占《ほしうらな》い部《ぶ》の部長《ぶちょう》として、両手《りょうて》を握《にぎ》りしめて活動《かつどう》を宣言《せんげん》した。

でも帰《かえ》れない廊下《ろうか》に入《はい》るには〝雨《あめ》の日《ひ》の４時《じ》４分《ぷん》〟という条件《じょうけん》がある。今日《きょう》は残念《ざんねん》ながら雨《あめ》は降《ふ》らず、翌日《よくじつ》にもちこしとなった。

2

翌日《よくじつ》、英語《えいご》の授業《じゅぎょう》が終《お》わった後《あと》の休《やす》み時間《じかん》。わたしは机《つくえ》の中《なか》から一冊《いっさつ》のノートをとり出《だ》して授業《じゅぎょう》の内容《ないよう》を書《か》いていると、後《うし》ろから来《き》た御影君《みかげくん》が肩《かた》からノートをのぞきこんできた。

「リン、また書《か》いてるのか？　あいつのノート」

「うん」

これは蘭《らん》ちゃんにあげるノートだ。授業《じゅぎょう》に出《で》られない蘭《らん》ちゃんのため、わたしは授業《じゅぎょう》で教《おそ》わったことをこのノートに書《か》いている。

「毎日《まいにち》そんなことやってたら、リンが大変《たいへん》じゃないか。そこまでしなくても、あとでノートを見《み》せるとか、コピーするとかすればいいのに」

「でも、この前《まえ》ノートを見《み》せたら、蘭《らん》ちゃんがすごく喜《よろこ》んでくれたから。早《はや》く渡《わた》したいし」

蘭《らん》ちゃんはこの学園《がくえん》でできたわたしの初《はじ》めての友達《ともだち》だ。自分《じぶん》のノートと蘭《らん》ちゃんのノート、全部《ぜんぶ》の授業《じゅぎょう》の内容《ないよう》をノート2冊分《さつぶん》とるのはちょっと大変《たいへん》だけど、友達《ともだち》が喜《よろこ》んでくれるって思《おも》うと、ぜんぜん苦《く》にならない。

御影君《みかげくん》は、わたしの隣《となり》の席《せき》の有川君《ありかわくん》に言《い》った。

「有川《ありかわ》、どいて」

有川君《ありかわくん》は慣《な》れた様子《ようす》で「ほーい」と友達《ともだち》の席《せき》へおしゃべりしに行《い》き、そして御影君《みかげくん》はわたしの隣《となり》に座《すわ》る。わたしの魔力《まりょく》をかぎつけてグールがいつ襲《おそ》いかかってくるかわからないから、こうやってそばに来《き》て守《まも》ってくれるのだ。

虎鉄君《こてつくん》は自分《じぶん》の机《つくえ》にうつぶせてお昼寝《ひるね》、零士君《れいじくん》も自分《じぶん》の席《せき》で読書《どくしょ》をしている。ふたりともときどきこっちを見《み》て、離《はな》れたところからそれとなくガードしてくれている。

3人《にん》の悪魔《あくま》のおかげで、わたしはなんとか中学校生活《ちゅうがっこうせいかつ》を送《おく》ることができている。

重要《じゅうよう》な部分《ぶぶん》に色《いろ》ペンでラインを引《ひ》いたりしながら蘭《らん》ちゃんノートに書《か》きこんでいると、ふと視線《しせん》を感《かん》じて、御影君《みかげくん》の方《ほう》を見《み》た。

隣《となり》の席《せき》で御影君《みかげくん》が片手《かたて》で頬杖《ほおづえ》をつき、わたしをじっと見《み》つめている。その瞳《ひとみ》が何《なに》か言《い》いたげだ。

「なぁに？　御影君《みかげくん》」

「リン、好《す》きだ」

全身《ぜんしん》からカ〜ッと血《ち》がのぼって、ドーン！　と頭《あたま》のてっぺんから噴火《ふんか》。そんな爆発的《ばくはつてき》な衝撃《しょうげき》に襲《おそ》われて、わたしの思考《しこう》がふっとんだ。

御影君《みかげくん》はわたしを見《み》つめながら、熱《ねつ》のこもった声《こえ》でくり返《かえ》す。

「好《す》きだ……」

わたしはあわてて御影君《みかげくん》から目《め》をそらした。動揺《どうよう》で手《て》が震《ふる》えて持《も》っていたペンがぽろりと落《お》ちると、震《ふる》える手《て》を御影君《みかげくん》の大《おお》きな手《て》が包《つつ》みこんできた。

「リンは？　リンは俺《おれ》のこと、どう思《おも》ってる？」

御影君《みかげくん》って、こういうところがある。時《とき》や場所《ばしょ》などまったくおかまいなしに、突然《とつぜん》、せまってくる。

ここ、教室《きょうしつ》なんですけど！

案《あん》の定《じょう》、教室内《きょうしつない》はシーンと静《しず》まりかえっていて、クラスのみんなが顔《かお》を赤《あか》らめたり引《ひ》きつらせたりしながら、息《いき》を飲《の》むようにわたしたちに注目《ちゅうもく》している。いつのまにか昼寝《ひるね》から起《お》きた虎鉄君《こてつくん》が怖《こわ》い顔《かお》をして、零士君《れいじくん》は本《ほん》から目《め》を離《はな》し刃《やいば》のような鋭《するど》い目《め》でこっちをにらんでいる。

そんな視線《しせん》を御影君《みかげくん》はまったく気《き》にせず、わたしの指《ゆび》に自分《じぶん》の指《ゆび》をからめてきた。

「なあ、リン……教《おし》えて」

「え？　い、いまはちょっと……！」

「どうして？」

「だ、だって……！」

護衛《ごえい》のために御影君《みかげくん》とわたしは付《つ》き合《あ》っていることになっていて、実《じつ》は一緒《いっしょ》に住《す》んでもいるけど。

でもみんなのいる教室《きょうしつ》で堂々《どうどう》といちゃいちゃなんてできないよ…。

もごもご口《くち》ごもっていると、御影君《みかげくん》は焦《じ》れたように手《て》を引《ひ》っぱって、

「リン……俺《おれ》を見《み》て」

そう言《い》って、わたしの指《ゆび》にキスしてきた。

ぎゃー！　と女子《じょし》から悲鳴《ひめい》があがり、うおぉ⁉　と男子《だんし》からどよめきがわく。

もう……いっそ倒《たお》れてしまいたい。御影君《みかげくん》の熱烈《ねつれつ》なアプローチに、わたしはゆでダコみたいに真《ま》っ赤《か》になって固《かた》まるしかない。

そのとき、チャイムが鳴《な》った。

わたしは跳《は》ねるように席《せき》を立《た》って、御影君《みかげくん》の手《て》から手《て》を引《ひ》きぬいた。

「み、御影君《みかげくん》！　チャイム鳴《な》ったよ！　席《せき》に戻《もど》らないとっ」

御影君《みかげくん》は小《ちい》さく息《いき》をつき、有川君《ありかわくん》に言《い》った。

「有川《ありかわ》、席替《せきか》わってくれ。ずっと、永遠《えいえん》に」

「え？　いや、だって名前順《なまえじゅん》だし……俺《おれ》に言《い》われても」

「じゃあ、誰《だれ》に言《い》えばいいんだ？」

「そりゃあ、先生《せんせい》だろ。席替《せきが》えしてくれって頼《たの》んでみれば？」

そのとき教室《きょうしつ》の前《まえ》の扉《とびら》が開《あ》いて、担任《たんにん》の先生《せんせい》が入《はい》ってきた。

ぼさぼさの黒髪《くろかみ》で、レンズの分厚《ぶあつ》い黒《くろ》ぶちの眼鏡《めがね》をかけ、白衣《はくい》を着《き》ている。1年《ねん》1組《くみ》の担任《たんにん》、地《ち》岡先生《おかせんせい》だ。

「皆《みな》さ～ん、ホームルームを始《はじ》めますよ～。席《せき》についてくださいね～」

のんびり、おっとり、にこにこしながらみんなに呼《よ》びかける。

さっそく御影君《みかげくん》は先生《せんせい》に言《い》った。

「おい、センセー。席替《せきが》えしてくれ。いますぐ」

かつて御影君《みかげくん》はわたしの好《す》きな漫画《まんが》の男《おとこ》の子《こ》を真似《まね》して優《やさ》しいキャラを演《えん》じていたけど、いまは自分《じぶん》の思《おも》うがままにふるまっていて、誰《だれ》に対《たい》しても強気《つよき》な発言《はつげん》をしている。先生《せんせい》に対《たい》してもまったく遠慮《えんりょ》がなくて、見《み》ている方《ほう》がハラハラしてしまう。

（御影君《みかげくん》、先生《せんせい》にそんな言葉遣《ことばづか》いダメだよ～！）

でも先生《せんせい》は眉《まゆ》をひそめることもなく、にっこり笑《わら》って小脇《こわき》に抱《かか》えていた箱《はこ》を持《も》ち上《あ》げて見《み》せた。

「瓜生君《うりゅうくん》、これ、何《なに》かわかります？」

「あ？　箱《はこ》？」

「はい、中《なか》には席替《せきが》えのクジが入《はい》っています。席替《せきが》えをしようと思《おも》って、ボク、作《つく》ってきました」

おぉ～！　と声《こえ》がわいて、教室内《きょうしつない》のテンションが一気《いっき》に上《あ》がる。

「センセー、気《き》が利《き》くじゃねーかっ」

御影君《みかげくん》のちょっと失礼《しつれい》な発言《はつげん》にも、先生《せんせい》は笑顔《えがお》でおおらかに応《おう》じる。

「どうも、お褒《ほ》めにあずかり光栄《こうえい》です」

入学《にゅうがく》して以来《いらい》、地岡先生《ちおかせんせい》が怒《おこ》ったり、声《こえ》を荒《あら》らげたりしたところを見《み》たことがない。いつもにこにこしていて、とっても優《やさ》しい。御影君《みかげくん》の生徒《せいと》らしからぬ言動《げんどう》や、サボりがちで自由《じゆう》すぎる虎鉄君《こてつくん》の行動《こうどう》にも、目《め》くじらを立《た》てずに笑《わら》って受《う》け入《い》れてくれている。いい先生《せんせい》が担任《たんにん》でホント良《よ》かった。

地岡先生《ちおかせんせい》は黒板《こくばん》にチョークで座席《ざせき》のわくを書《か》いて、ランダムに数字《すうじ》を書《か》き入《い》れていく。

「え〜、こっちの箱《はこ》は男子用《だんしよう》で、こっちは女子用《じょしよう》。男女《だんじょ》が隣《となり》になるようになってます。では出席番《しゅっせきばん》号順《ごうじゅん》にクジを引《ひ》いてください。男子《だんし》は有川君《ありかわくん》から、女子《じょし》は天ヶ瀬《あまがせ》さんから、どうぞ」

わたしは席《せき》を立《た》ち、女子用《じょしよう》の箱《はこ》に手《て》を入《い》れて、クジの紙《かみ》を1枚引《まいひ》いた。

御影君《みかげくん》がわたしの紙《かみ》をのぞきに来《き》た。

「リン、何番《なんばん》？」

「えっと……18番《ばん》」

黒板《こくばん》を見《み》ると、窓際《まどぎわ》の前《まえ》から4番目《ばんめ》の席《せき》だった。

虎鉄君《こてつくん》がクラス中《じゅう》に響《ひび》くような大《おお》きな声《こえ》で宣言《せんげん》した。

「リンの隣《となり》は6番《ばん》か。じゃあ、6番引《ばんひ》こーっと」

御影君《みかげくん》が鋭《するど》い目《め》で虎鉄君《こてつくん》をにらむ。

「リンの隣《となり》には、彼氏《かれし》であるこの俺《おれ》が座《すわ》る。そう決《き》まってる」

「そんなルール、知《し》らねー」

わ〜、ふたりとも、教室《きょうしつ》で喧嘩《けんか》はダメだよ〜！

助《たす》けを求《もと》めるように零士君《れいじくん》の方《ほう》を見《み》たけど、零士君《れいじくん》はそ知《し》らぬ顔《かお》をしている。

教室《きょうしつ》がざわざわする中《なか》で、先生《せんせい》がにこにこしながら言《い》った。

「まあまあ。瓜生君《うりゅうくん》、前田君《まえだくん》、クジですから。確率《かくりつ》は同《おな》じ。みんな平等《びょうどう》です。どの席《せき》になるか、神《かみ》のみぞ知《し》るですよ」

先生《せんせい》の言《い》うとおり、クジは運《うん》まかせ。自分《じぶん》の力《ちから》ではどうにもならない。

けれど、御影君《みかげくん》は挑《いど》むような鋭《するど》い目《め》をしていて、

「神様《かみさま》にお祈《いの》りでもしろってのか？　はっ、バカバカしい」

対《たい》する虎鉄君《こてつくん》も不敵《ふてき》に笑《わら》っていて、

「同感《どうかん》。欲《ほ》しいもんはやっぱ、自分《じぶん》の力《ちから》で手《て》にしねーとな」

瞬間《しゅんかん》、ふたりが教卓《きょうたく》に突進《とっしん》し、ほぼ同時《どうじ》に男子用《だんしよう》のクジ箱《ばこ》に同時《どうじ》に手《て》をつっこんだ。

熱《ねつ》をはらんだ突風《とっぷう》が教室《きょうしつ》に起《お》こって、クラスのみんなが目《め》をつむり、クジの紙《かみ》が吹《ふ》き飛《と》ばされて宙《ちゅう》を舞《ま》う。

風《かぜ》がおさまって目《め》を開《あ》けると、御影君《みかげくん》、虎鉄君《こてつくん》、零士君《れいじくん》、それぞれがクジをつかんでいた。

新《あたら》しい座席《ざせき》が決《き》まり、クラスみんなが一斉《いっせい》に自分《じぶん》の番号《ばんごう》の席《せき》に移動《いどう》する。

わたしは隣《となり》の席《せき》になった零士君《れいじくん》に、ぺこりと頭《あたま》を下《さ》げた。

「零士君《れいじくん》、よろしくね」

零士君《れいじくん》は無表情《むひょうじょう》のまま言《い》った。

「こちらこそ」

離《はな》れた席《せき》では、御影君《みかげくん》が腹立《はらだ》たしげに椅子《いす》を蹴《け》り倒《たお》していて、虎鉄君《こてつくん》は不機嫌《ふきげん》な顔《かお》で教室《きょうしつ》から出《で》ていってしまった。

窓《まど》から外《そと》に目《め》を向《む》けると、窓《まど》ガラスにぽつりと水滴《すいてき》がついた。

「あ……雨《あめ》」

空《そら》を覆《おお》う灰色《はいいろ》の雲《くも》から水滴《すいてき》が落《お》ちてきて、雨《あめ》が本格的《ほんかくてき》に降《ふ》りはじめた。

3

放課後《ほうかご》、時計塔《とけいとう》の部室《ぶしつ》で、御影君《みかげくん》がダン！　と机《つくえ》を強《つよ》くたたき零士君《れいじくん》に怒鳴《どな》った。

「おい、零士《れいじ》！　なんでおまえがリンの隣《となり》になってんだよ!?　隣《となり》には、リンと付《つ》き合《あ》ってるこの俺《おれ》が座《すわ》るべきだろうが！」

「当初《とうしょ》はそれでいいと思《おも》っていたが、見逃《みのが》すことのできない事態《じたい》が生《しょう》じた」

零士君《れいじくん》は読《よ》んでいた本《ほん》を閉《と》じ、鋭《するど》い目《め》を御影君《みかげくん》に向《む》けた。

「クラスメートの面前《めんぜん》でリンの手《て》に口《くち》づけるあの行為《こうい》……あれはなんだ？」

「護衛《ごえい》に決《き》まっててんだろ。俺《おれ》とリンがラブラブだってところを見《み》せつけておけば、誰《だれ》もリンに手《て》を出《だ》そうとは思《おも》わないだろ」

フフンと得意《とくい》げに胸《むね》をはる御影君《みかげくん》に、虎鉄君《こてつくん》がツッコミを入《い》れる。

「みんな、おまえにドン引《び》きしてんだっ！　何《なに》が護衛《ごえい》だ！　毎日《まいにち》リンにべたべたべたべたしやがって、おまえが一番《いちばん》の危険人物《きけんじんぶつ》だ！」

「御影《みかげ》、おまえのリンへの過剰《かじょう》な接触行動《せっしょくこうどう》は目《め》に余《あま》る。よって、今後《こんご》は僕《ぼく》がリンへの接触《せっしょく》を制限《せいげん》させてもらう」

「な……なんだとぉ!?」

「ちょっと待《ま》て、零士《れいじ》。リンにさわるのに、なんでおまえに制限《せいげん》されなきゃならねえんだ？」

「隣《となり》の席《せき》に座《すわ》った者《もの》がリンを護衛《ごえい》する、理《り》にかなっているだろう」

「ざけんな！　おまえクジ引《び》きのとき、魔法使《まほうつか》っただろ！　いったいどんな魔法使《まほうつか》いやがった⁉」

「知《し》りたければ、魔法学園《まほうがくえん》に再入学《さいにゅうがく》して勉強《べんきょう》し直《なお》せ。それから御影《みかげ》、僕《ぼく》は休《やす》み時間《じかん》に席《せき》を交代《こうたい》することは絶対《ぜったい》にしないから、以後《いご》そのつもりで」

「嫌《いや》だねっ！　どかねーなら、燃《も》やしてどかす！」

「吹《ふ》き飛《と》ばして奪《うば》いとる！」

「やってみればいい。おまえたちにできるものならな」

話《はな》し合《あ》いがヒートアップして3人《にん》が椅子《いす》から立《た》ち上《あ》がり、炎《ほのお》と風《かぜ》と氷《こおり》の魔力《まりょく》が渦巻《うずま》いて緊迫《きんぱく》する。

わたしはトレーにグラスを3つのせて、3人《にん》の方《ほう》へ運《はこ》んだ。

「あの……アイスティー淹《い》れたんだけど、飲《の》む？」

3人《にん》はぴたりと言《い》い合《あ》いをやめて、トレーからグラスを手《て》にとった。

「もちろん、飲《の》むに決《き》まってるじゃないかっ！」

「お、今日《きょう》はレモンティーか。サンキュ～」

「つつしんでいただこう」

3人《にん》とも猫舌《ねこじた》なので、ホットよりもアイスを好《この》む。アイスティーを飲《の》んだ3悪魔《あくま》はふーっと息《いき》をついて、喧嘩《けんか》がクールダウンした。

そばで見《み》ていた蘭《らん》ちゃんがあきれたように言《い》う。

「席替《せきが》えでこんなに盛《も》り上《あ》がれるなんて、悪魔《あくま》って暇《ひま》なの？」

わたしは苦笑《くしょう》しながら、鞄《かばん》からノートをとり出《だ》して蘭《らん》ちゃんにさし出《だ》した。

「蘭《らん》ちゃん、これ。今日《きょう》の授業《じゅぎょう》でとったノートだよ。よかったらどうぞ」

蘭《らん》ちゃんはじっとノートを見《み》つめ、そして目《め》を細《ほそ》めて笑《わら》った。

「……ありがとう。そういえば、今日《きょう》は女《おんな》の子《こ》たちが来《こ》ないわね。雨《あめ》が降《ふ》ってるせいかな？」

「あ、今日《きょう》は星占《ほしうらな》いはお休《やす》みにしたの。さっき、扉《とびら》に張《は》り紙《がみ》してきたんだ。『本日《ほんじつ》、星占《ほしうらな》い部《ぶ》はお休《やす》みします』って」

「……お休《やす》み？」

蘭《らん》ちゃんの声《こえ》が1《ワン》トーン低《ひく》くなった。

「星占《ほしうらな》い……お休《やす》みするの？」

「うん。雨《あめ》が降《ふ》ってきたから、帰《かえ》れない廊下《ろうか》へ行《い》って行方不明《ゆくえふめい》の入江君《いりえくん》を捜《さが》しに行《い》かないと」

「…………そう…………」

蘭《らん》ちゃんがうつむきながらぽつりとつぶやく。なんだか様子《ようす》がおかしい。

「蘭《らん》ちゃん？　どうし——」

ふいに声《こえ》が出《で》なくなった。声《こえ》だけじゃなく、身体《からだ》も動《うご》かない。これは……金縛《かなしば》り？

ふだん幽霊《ゆうれい》の蘭《らん》ちゃんの身体《からだ》は青白《あおじろ》く透《す》きとおっている。それがだんだん黒《くろ》ずんで、暗《くら》い色《いろ》に変《か》わっていく。蘭《らん》ちゃんからわき出《で》た黒《くろ》い影《かげ》のようなものが、わたしの身体《からだ》にからみついていた。

「みんなで行《い》っちゃうんだ………いいなぁ、うらやましい……うらやましくて——恨《うら》めしい！」

真《ま》っ黒《くろ》な悪意《あくい》の波《なみ》がぶわっとわたしに向《む》かってきた。

その瞬間《しゅんかん》。氷《こおり》の刃《やいば》がわたしにからみついていた黒《くろ》い影《かげ》を断《た》ち切《き》り、風《かぜ》が蘭《らん》ちゃんを壁《かべ》まで吹《ふ》きとばして、なおもわたしに襲《おそ》いかかってきた悪意《あくい》を炎《ほのお》が焼《や》きはらう。

3悪魔《あくま》がわたしを囲《かこ》んで立《た》ち、御影君《みかげくん》が鋭《するど》い目《め》で蘭《らん》ちゃんを見《み》すえた。

「——おい、幽霊《ゆうれい》。いきなりリンを呪《のろ》い殺《ころ》そうとしてんじゃねぇぞ」

蘭《らん》ちゃんがハッと我《われ》に返《かえ》り、顔《かお》をこわばらせて、「あっ」と小《ちい》さな悲鳴《ひめい》のような声《こえ》をあげた。

そして逃《に》げるように机《つくえ》の下《した》に身《み》を隠《かく》し、顔《かお》を手《て》で覆《おお》いながら叫《さけ》ぶ。

「ごめん……！　ごめんなさい！」

蘭《らん》ちゃんの叫《さけ》びに呼応《こおう》して、ポルターガイストで椅子《いす》やノートなどが宙《ちゅう》に浮《う》かび、勢《いきお》いよくあっちこっちへ飛《と》ぶ。

わたしの方《ほう》へ飛《と》んできた物《もの》は、虎鉄君《こてつくん》が風《かぜ》でガードしてくれた。

「どうしてこんなことしちゃうんだろう……」

机《つくえ》の下《した》から蘭《らん》ちゃんの苦《くる》しげで泣《な》きそうな声《こえ》がもれる。

「友達《ともだち》なのに……リンがうらやましい……うらやましくて、恨《うら》んじゃうの。リンを恨《うら》んだってしょうがないってわかってるのに……幽霊《ゆうれい》って、みんなこうなのかな？　それとも、わたしがもともとこんな嫌《いや》な性格《せいかく》だったのかな？　友達《ともだち》を傷《きず》つけようとするなんて……わたし、サイテーだ……！」

わたしはかがんで、そっと机《つくえ》の下《した》をのぞきこんだ。

「そんなことないよ」

「あるわよ！　わたしのこと、嫌《いや》になったでしょう？」

「ならないよ」

「なるわよ、絶対《ぜったい》なるに決《き》まってる……わたしだったら、こんな友達《ともだち》、嫌《いや》だもの」

「嫌《いや》になんてならないよ。だって、蘭《らん》ちゃんはわたしを恨《うら》んだって、やっぱりわたしのことを心配《しんぱい》してくれるじゃない」

虎鉄君《こてつくん》がフォローするように言《い》ってくれた。

「本当《ほんとう》にサイテーな奴《やつ》は、おまえみたいに攻撃《こうげき》した相手《あいて》のことで悩《なや》まないし、反省《はんせい》なんかしないぜ。

相手《あいて》を苦《くる》しませて、ざまーみろって笑《わら》うもんだ。苦《くる》しむ良心《りょうしん》があるだけ、ましなんじゃねえの？」

「でも……友達《ともだち》に嫉妬《しっと》して、呪《のろ》い殺《ころ》そうとするなんて——」

「それは君《きみ》のせいじゃない。君《きみ》にかけられた魔法《まほう》のせいだ」

零士君《れいじくん》の言葉《ことば》に、蘭《らん》ちゃんはハッと顔《かお》をあげた。

「魔法《まほう》……？」

「人《ひと》を恨《うら》み憎《にく》むという悪意《あくい》は多《おお》かれ少《すく》なかれ、誰《だれ》の中《なか》にもある。しかしふつうは思《おも》うだけで、善意《ぜんい》によって行動《こうどう》は抑《おさ》えられる。しかし君《きみ》はほんの少《すこ》しリンに嫉妬《しっと》しただけでその感情《かんじょう》が恨《うら》みに変《か》わり、攻撃《こうげき》という行動《こうどう》に移《うつ》っている——そうなるように魔法《まほう》がかけられているんだ。蜂《はち》のグールを生《う》み出《だ》してリンを攻撃《こうげき》したのも、すべて魔法《まほう》によるものだろう」

そんな魔法《まほう》があるなんて……そんな魔法《まほう》を使《つか》って、こんなひどいことをする人《ひと》がいることにおどろいて、わたしは言葉《ことば》を失《うしな》った。

蘭《らん》ちゃんが机《つくえ》の下《した》から顔《かお》を出《だ》して叫《さけ》んだ。

「な……何《なに》それ？　いったい誰《だれ》がそんなことを!?」

「おそらく、この学園《がくえん》に潜《ひそ》む何者《なにもの》かのしわざだろう。生徒《せいと》たちの悪意《あくい》をあおり、さまざまなグールを放《はな》ってリンを狙《ねら》ってくる。同《おな》じように、君《きみ》の悪意《あくい》も利用《りよう》されているのだと考《かんが》えられる」

「その魔法《まほう》、解《と》けるの？　解《と》けるわよね？　いますぐ解《と》いて！」

「君《きみ》にかけられた魔法《まほう》がどのような呪文《じゅもん》を用《もち》いてなされたものなのか、正確《せいかく》にわからない。わからない以上《いじょう》、それを解除《かいじょ》する方法《ほうほう》も不明《ふめい》だ」

蘭《らん》ちゃんは泣《な》きそうな顔《かお》になり、肩《かた》を落《お》としてうなだれた。

「じゃあ……やっぱりわたしはリンのそばにはいられないわ……そばにいれば、またリンを傷《きず》つけちゃう……星占《ほしうらな》い部《ぶ》もやめないと……――」

そのまま蘭《らん》ちゃんが机《つくえ》の奥《おく》に消《き》えてしまいそうに見《み》えて、わたしはあわてて追《お》いかけ、机《つくえ》の下《した》へもぐりこんだ。

「待《ま》って、蘭《らん》ちゃん！　蘭《らん》ちゃんは『また傷《きず》つける』って言《い》うけど、わたしはどこも傷《きず》ついてないよ？　御影君《みかげくん》たちが守《まも》ってくれたから」

「でも……きっとまた呪《のろ》っちゃうわ。さっきは悪魔《あくま》たちのおかげで大丈夫《だいじょうぶ》だったけど、次《つぎ》は大丈夫《だいじょうぶ》じゃないかもしれない……そうなったら、わたし……」

うなだれる蘭《らん》ちゃんに、わたしは強《つよ》く言葉《ことば》をかけた。

「蘭《らん》ちゃん、星占《ほしうらな》い部《ぶ》、やめちゃダメだよ。だって、蘭《らん》ちゃんはぜんぜん悪《わる》くない。悪《わる》いのは、蘭《らん》ちゃんにひどい魔法《まほう》をかけた人《ひと》だよ。だから、絶対《ぜったい》にやめちゃダメだよ」

でも蘭《らん》ちゃんは不安《ふあん》をぬぐえないようで縮《ちぢ》こまっている。

どうすればいいんだろう？　考《かんが》えていると、零士君《れいじくん》が言《い》った。

「魔法《まほう》の解除《かいじょ》はできないが、悪意《あくい》を抑《おさ》える方法《ほうほう》はある。悪意《あくい》は心《こころ》に秘《ひ》めるほど、強《つよ》く大《おお》きくなる。だから悪意《あくい》が大《おお》きくなる前《まえ》に、その原因《げんいん》となるものを消《け》すことだ」

「消《け》すったって……」

途方《とほう》に暮《く》れる蘭《らん》ちゃんに、わたしは提案《ていあん》した。

「蘭《らん》ちゃん、話《はな》そうよ」

「え？」

「蘭《らん》ちゃんはひとりで悩《なや》むから苦《くる》しくなっちゃうんだよ。悩《なや》んでることや思《おも》ってることを、わたしに教《おし》えて。蘭《らん》ちゃんの悩《なや》みをどうすれば解決《かいけつ》できるか、一緒《いっしょ》に考《かんが》えようよ」

「一緒《いっしょ》に……？」

「うん。わたしは蘭《らん》ちゃんが喜《よろこ》んでくれると思《おも》って授業《じゅぎょう》のノートをとってたんだけど、蘭《らん》ちゃんはどう思《おも》ってた？　もしかして、迷惑《めいわく》だった？」

蘭《らん》ちゃんは首《くび》を横《よこ》にふった。

「ノートはうれしい……それは本当《ほんとう》よ。わたしのために一生懸命《いっしょうけんめい》書《か》いてくれたリンの気持《きも》ちがうれしかった。でも……夜《よる》、ひとりでノートを見《み》てると苦《くる》しくなるの。だって……勉強《べんきょう》したってテストを受《う》けられるわけじゃないし、将来何《しょうらいなに》かになれるわけでもない……わたしには未来《みらい》がないもの」

わたしは自分《じぶん》の浅《あさ》はかさを深《ふか》く反省《はんせい》した。魔女《まじょ》のわたしと幽霊《ゆうれい》の蘭《らん》ちゃんが友達《ともだち》になれるかどうか、チャレンジする——チャレンジすることを決《き》めただけの、まだ友達未満《ともだちみまん》の関係《かんけい》だ。

なのに、毎日蘭《まいにちらん》ちゃんと会《あ》っておしゃべりしていただけでもう友達《ともだち》になった気《き》でいて、病気《びょうき》で亡《な》くなってしまった蘭《らん》ちゃんの気持《きも》ちをちゃんと考《かんが》えることをしていなかった。

「さっきの席替《せきが》えの話《はなし》だって……わたしには席《せき》なんかないし、教室《きょうしつ》にも行《い》けない……そう思《おも》うと暗《くら》い気持《きも》ちになるの。うらやましくて……だんだん聞《き》くのがつらくなって、恨《うら》めしくなる」

「そっか。他《ほか》には？　星占《ほしうらな》い部《ぶ》はどう？　毎日《まいにち》ここに女《おんな》の子《こ》たちがたくさん来《く》るけど、そのことはどう思《おも》ってる？」

「それはへーき。ずっとここでひとりだったから……女《おんな》の子《こ》たちがたくさん来《き》てくれて、にぎやかなのはうれしい。わたしもこの学園《がくえん》の生徒《せいと》になれたみたいで……いろんな話《はなし》を聞《き》けるのも楽《たの》しいし。——ただ」

「ただ？」

「星占《ほしうらな》い部《ぶ》の部活動《ぶかつどう》……できたら、わたしもやりたい。リンたちが帰《かえ》れない廊下《ろうか》へ行《い》くなら、一緒《いっしょ》に行《い》きたい。だって……わたしもいちおう部員《ぶいん》だから」

そこまで聞《き》いてようやく、わたしは蘭《らん》ちゃんの望《のぞ》みにたどりつけた。

「蘭《らん》ちゃんは、時計塔《とけいとう》から出《で》たいんだね」

蘭《らん》ちゃんは潤《うる》んだ瞳《ひとみ》でわたしを見《み》て、大《おお》きくうなずいた。

「――うん」

わたしはふり向《む》いて、３人《にん》に問《と》いかけた。

「蘭《らん》ちゃんがここから出《で》られる方法《ほうほう》はないかな？」

御影君《みかげくん》が腕組《うでぐ》みをしながら言《い》う。

「そいつは地縛霊《じばくれい》だからな。魂《たましい》がこの時計塔《とけいとう》に縛《しば》られている。出《で》るのは難《むずか》しいんじゃないか？」

その意見《いけん》に、虎鉄君《こてつくん》が意見《いけん》を加《くわ》えた。

「方法《ほうほう》がないこともないぜ。幽霊《ゆうれい》つつーのは俺《おれ》ら悪魔《あくま》と同《おな》じで、この世界《せかい》の住人《じゅうにん》じゃない。魂《たましい》だけの弱《よわ》い存在《そんざい》だから、へたに動《うご》くとしんどくなったり力《ちから》がなくなったりする。だから別《べつ》の身体《からだ》があればいいんだ。誰《だれ》かにとり憑《つ》くとか」

「だったら、わたしにとり憑《つ》けばいいよ」

わたしの安易《あんい》な思《おも》いつきを、零士君《れいじくん》がすぐに却下《きゃっか》した。

「それはダメだ。幽霊《ゆうれい》にとり憑《つ》かれるということは、肉体《にくたい》をのっとられることだ。たとえ幽霊《ゆうれい》にその気《き》はなくても、とり憑《つ》かれれば精力《せいりょく》を奪《うば》われ、場合《ばあい》によっては寿命《じゅみょう》をも奪《うば》われかねない。君《きみ》に危険《けん》がおよぶ可能性《かのうせい》がわずかでもある以上《いじょう》、容認《ようにん》できない」

でも、ちょっとくらいなら――と思《おも》ったけど、口《くち》に出《だ》すことはしなかった。それはわたしを守《まも》ってくれている3人《にん》の気持《きも》ちに反《はん》することで、やってはいけないことだ。

すると零士君《れいじくん》が別《べつ》の案《あん》を出《だ》してくれた。

「とり憑《つ》くのは人間《にんげん》でなくてもいいんだ。身代《みが》わりになる物《もの》があれば」

「身代《みが》わり？」

「たとえば人形《にんぎょう》だ。古来《こらい》より、人《ひと》は災《わざわ》いをさけるために人形《にんぎょう》を作《つく》り、身代《みが》わりとして使《つか》った。そういう歴史《れきし》がある」

へえ、人形《にんぎょう》って女《おんな》の子《こ》のオモチャってイメージだけど、そういう役割《やくわり》もあるんだ。

「人形《にんぎょう》……」

つぶやくと、ある人形《にんぎょう》が思《おも》い浮《う》かんだ。

瞬間《しゅんかん》、零士君《れいじくん》が呪文《じゅもん》を唱《とな》えた。

「ミランコール」

それはわたしが頭《あたま》に思《おも》い浮《う》かべたものをとり出《だ》せる召喚呪文《しょうかんじゅもん》。わたしの背後《はいご》に魔法陣《まほうじん》が現《あらわ》れ、零《れい》士君《じくん》がその中《なか》に手《て》を入《い》れ、わたしが思《おも》い浮《う》かべた人形《にんぎょう》と、ひとつの箱《はこ》をとり出《だ》した。

その人形《にんぎょう》はてのひらサイズの女《おんな》の子《こ》の人形《にんぎょう》だった。

蘭《らん》ちゃんの顔《かお》がぱあっと輝《かがや》いた。

「かっ……かわいい〜!! 何《なに》これ、超《ちょう》かわいい！ この人形《にんぎょう》、どうしたの？」

「昔《むかし》、わたしのお母《かあ》さんが作《つく》ってくれた着《き》せ替《か》え人形《にんぎょう》だよ」

子供《こども》の頃《ころ》、これでよく遊《あそ》んだ。長《なが》い髪《かみ》のにっこり笑顔《えがお》の人形《にんぎょう》には、着《き》せ替《か》え用《よう》の洋服《ようふく》やドレスがあって、服《ふく》だけでなく、靴《くつ》や鞄《かばん》や帽子《ぼうし》やアクセサリーまでお母《かあ》さんが作《つく》ってくれた。それが一緒《いっしょ》にとり出《だ》した箱《はこ》いっぱいにある。

蘭《らん》ちゃんが目《め》をキラキラさせて、着替《きが》えの服《ふく》を一枚一枚《いちまいいちまい》、次々《つぎつぎ》と手《て》にとっている。

「ねえリン、人形《にんぎょう》にとり憑《つ》いたら、この服《ふく》、着《き》れるのよね？」

「え？ うん、そうだね。この人形用《にんぎょうよう》の服《ふく》だから」

蘭《らん》ちゃんは人形《にんぎょう》を指《ゆび》さして、元気《げんき》に宣言《せんげん》した。

「わたし、この人形《にんぎょう》にとり憑《つ》くわっ！」

零士君《れいじくん》はうなずき、わたしに手《て》をさし出《だ》してきた。

「憑《つ》きやすくするために、人形《にんぎょう》に魔法《まほう》をかける。リン、手《て》を」

「はい」

零士君《れいじくん》の手《て》に手《て》を重《かさ》ねると、わたしの中《なか》に涼《すず》やかな魔力《まりょく》が流《なが》れこんできた。お互《たが》いの魔力《まりょく》がまじわって、高《たか》まって、そしてそれを呪文《じゅもん》に乗《の》せる。

「ドールドオーヴ」

零士君《れいじくん》に倣《なら》って、わたしも呪文《じゅもん》を復唱《ふくしょう》した。

「ドールドオーヴ」

わたしと零士君《れいじくん》の魔法《まほう》――ブルーの光《ひかり》に、人形《にんぎょう》が包《つつ》まれる。

蘭《らん》ちゃんの魂《たましい》が吸《す》いこまれるように人形《にんぎょう》の中《なか》へと入《はい》ると、人形《にんぎょう》がぱっちり目《め》を開《あ》けてまばたきをした。人形《にんぎょう》の顔《かお》つきが蘭《らん》ちゃんになって、そして蘭《らん》ちゃんの声《こえ》でしゃべった。

「わぁ……いいわ！　すっごくいい感《かん》じ！」

人形《にんぎょう》が準備体操《じゅんびたいそう》をするみたいに手足《てあし》を動《うご》かし、うれしそうに机《つくえ》の上《うえ》をトコトコ歩《ある》くのを見《み》て、わたしの顔《かお》もつられてほころんだ。

「蘭《らん》ちゃん、かわいい～♡」

「いいよね？　これ、かなりかわいいわよね？」

「うんうん、かわいいよ〜、握手《あくしゅ》〜」

わたしの指先《ゆびさき》と蘭《らん》ちゃん人形《にんぎょう》の手《て》で、握手《あくしゅ》ができた。

ふたりではしゃいでいると、零士君《れいじくん》が釘《くぎ》をさすように言《い》った。

「これは応急処置《おうきゅうしょち》にすぎない。君《きみ》が地縛霊《じばくれい》であることは変《か》わりないし、呪《のろ》いの魔法《まほう》も解《と》けたわけではない。あまり長《なが》く人形《にんぎょう》に憑《つ》いていると負担《ふたん》になるから、必要最低限《ひつようさいていげん》にすることだ」

蘭《らん》ちゃんは注意事項《ちゅういじこう》にうなずくと、さっそく服選《ふくえら》びを始《はじ》めた。

「どれ着《き》ようかなぁ！　これもいいけど、こっちも捨《す》てがたいわ。どうしよう〜、迷《まよ》っちゃう〜！」

1枚《まい》1枚《まい》の着《き》せ替《か》え服《ふく》をじっくり見《み》ている蘭《らん》ちゃんに、御影君《みかげくん》がぞんざいに言《い》い放《はな》つ。

「なんでもいいじゃねえか、服《ふく》なんか」

「わかってないわね、黒《くろ》ニャンコ。女《おんな》の子《こ》にとってオシャレは命《いのち》の次《つぎ》に大事《だいじ》なことなんだからね！　あ、このミニスカート、こっちのブラウスと合《あ》わせるといいかも〜！」

服選《ふくえら》びをする蘭《らん》ちゃんはきゃぴきゃぴしていて、すごく楽《たの》しそうだ。そういえば初《はじ》めて会《あ》ったとき、ファッションにはこだわりがあるって言《い》ってた。オシャレすることが大好《だいす》きなんだね。蘭《らん》ちゃんの瞳《ひとみ》がキラキラ輝《かがや》いている。

（キレイ……なんだか星《ほし》みたい）

そのとき、蘭《らん》ちゃんの身体《からだ》から黒《くろ》い霧《きり》のようなものが出《で》てきた。

「あっ、あれは——」

零士君《れいじくん》が教《おし》えてくれた。

「彼女《かのじょ》の悪意《あくい》だ」

黒《くろ》い悪意《あくい》はうすくなっていき、空中《くうちゅう》で消《き》えてなくなった。

「悪意《あくい》を消《け》す方法《ほうほう》はさまざまあるが、『喜《よろこ》ばせる』——これが、もっとも有効《ゆうこう》な浄化方法《じょうかほうほう》だ」

うれしそうな蘭《らん》ちゃんを見《み》てたら、わたしもうれしくなってきた。

「ありがとう、零士君《れいじくん》」

「おやすい御用《ごよう》だ」

零士君《れいじくん》に笑《わら》いかけると、御影君《みかげくん》がわたしたちの間《あいだ》に割《わ》りこんできた。

「んじゃ、帰《かえ》れない廊下《ろうか》に出発《しゅっぱつ》だ。行《い》こう、リン」

御影君《みかげくん》が手《て》をさし出《だ》してきたそのとき、扉《とびら》がバーンと開《あ》いて、エプロンをつけた女《おんな》の子《こ》がどやどや入《はい》ってきた。料理部《りょうりぶ》の人《ひと》たちだ。料理部《りょうりぶ》の部長《ぶちょう》さんらしき人《ひと》が、御影君《みかげくん》につめ寄《よ》った。

「瓜生君《うりゅうくん》、いた！　もう〜ずっと待《ま》ってたのに、どうして来《き》てくれないの⁉　もう準備《じゅんび》もできてみんな待《ま》ってるんだから、早《はや》く来《き》てちょうだいっ」

どうやら料理部《りょうりぶ》の部活動《ぶかつどう》に来《こ》ない御影君《みかげくん》を、みんなで迎《むか》えにきたみたいだ。

お迎《むか》えの人《ひと》たちに、御影君《みかげくん》はそっけなく言《い》い放《はな》つ。

「今日《きょう》はパス。急用《きゅうよう》ができた」

つれない返事《へんじ》に、「え〜」と料理部《りょうりぶ》の人《ひと》たちが不満《ふまん》の声《こえ》をあげた。

「瓜生君《うりゅうくん》がクッキーの作《つく》り方《かた》を教《おし》えてほしいって言《い》うから、準備《じゅんび》したのに！」

わたしは目《め》をぱちくりとした。

「え？　御影君《みかげくん》がクッキーを？」

御影君《みかげくん》はあわてて料理部《りょうりぶ》の人《ひと》たちに言《い》う。

「おい、言《い》うなよ！　サプライズしようと思《おも》ったのに！」

「サプライズ……？」

首《くび》をかしげるわたしに、御影君《みかげくん》は溜息《ためいき》をつきながら言《い》った。

「リンは紅茶《こうちゃ》やハーブティーが好《す》きで、よく飲《の》んでるだろ？　だからさ……それに合《あ》うお菓子《かし》を作《つく》ろうと思《おも》って」

胸《むね》がじ〜んとした。わたしのために、そんなことまで考《かんが》えてくれていたなんて……感動《かんどう》だよ。

でも御影君《みかげくん》はキャンセルするつもりらしい。

「クッキーはまた今度《こんど》な。俺《おれ》はこれからリンと一緒《いっしょ》に──がっ⁉」

虎鉄君《こてつくん》がにやにやしながら御影君《みかげくん》の肩《かた》にがしっと腕《うで》を回《まわ》した。

「いいっていいって、遠慮《えんりょ》しないで料理部《りょうりぶ》に行《い》ってこいよ。リンのことは俺《おれ》にどーんとまかせとけ。おまえがいなくてもぜんっっぜん大丈夫《だいじょうぶ》だから。クッキー、しっかりがっつり焼《や》いてこいっ。熱《あっ》～い炎《ほのお》でな。ぷぷっ！」

「虎鉄《こてつ》、てめえ……！」

こめかみに青筋《あおすじ》を浮《う》かばせる御影君《みかげくん》に、零士君《れいじくん》が言《い》う。

「御影《みかげ》、料理部《りょうりぶ》へ行《い》け」

「おまえらに指図《さしず》されるいわれはねえ！」

「指図《さしず》ではない。おまえがそうすることを、リンが望《のぞ》んでいるようだから」

こっちを見《み》てきた御影君《みかげくん》に、わたしはおずおずと言《い》った。

「御影君《みかげくん》の作《つく》ったクッキー……食《た》べたいな」

「……食《た》べたい、のか？」

「うん。だって御影君《みかげくん》がクッキー作《つく》ってくれるなんて、うれしすぎるよ。どんな高級《こうきゅう》クッキーも目《め》じゃないよ」

「じゃあ、作《つく》る。全力《ぜんりょく》で作《つく》る。リンのために、最高《さいこう》にうまいクッキーをっ！」

「うん。楽《たの》しみにしてるね」

御影君《みかげくん》はうなずき、料理部《りょうりぶ》の人《ひと》たちと一緒《いっしょ》に歩《ある》きだす。なぜか「があああああっっ！」と吠《ほ》えながら、調理室《ちょうりしつ》へと向《む》かっていった。

4

マンモス校《こう》である鳴星学園《めいせいがくえん》は迷子《まいご》になってしまうほど敷地《しきち》が広《ひろ》く、校舎《こうしゃ》もたくさん並《なら》んでいる。

七不思議《ななふしぎ》の現場《げんば》は、西《にし》にある4階建《かいだ》ての校舎《こうしゃ》の最上階《さいじょうかい》だ。ふたつの校舎《こうしゃ》が並《なら》び、渡《わた》り廊下《ろうか》でつながっているこの校舎《こうしゃ》にあるのは、音楽室《おんがくしつ》や美術室《びじゅつしつ》や木工室《もっこうしつ》などの専門教室《せんもんきょうしつ》とそれらの準備室《じゅんびしつ》だ。第《だい》3音楽室《おんがくしつ》や第《だい》4美術室《びじゅつしつ》など予備《よび》の教室《きょうしつ》ばかりで、本校舎《ほんこうしゃ》からはちょっと距離《きょり》があるので、授業《じゅぎょう》で使《つか》われるとき以外《いがい》は、人《ひと》の出入《でい》りはほとんどないらしい。

わたしは虎鉄君《こてつくん》と零士君《れいじくん》、そして人形《にんぎょう》の蘭《らん》ちゃんと階段《かいだん》をのぼって、噂《うわさ》の廊下《ろうか》へ向《む》かった。

「そのコーディネート、ちょっと制服《せいふく》に似《に》てるね」

蘭《らん》ちゃんが選《えら》んだ着《き》せ替《か》え服《ふく》は、白《しろ》のブラウスにチェックのミニスカート。ポニーテールに結《むす》んだ髪《かみ》にリボンをつけている。

「そうよ、制服《せいふく》っぽくしたかったの。だって、今日《きょう》がわたしの学園《がくえん》デビューだから！」

肩《かた》の上《うえ》で蘭《らん》ちゃんがうれしそうに笑《わら》うので、わたしもうれしくなって足《あし》どり軽《かる》く階段《かいだん》をのぼる。

そして4階《かい》へ到着《とうちゃく》した瞬間《しゅんかん》、わたしの胸元《むなもと》が光《ひか》った。

「あ、スタージュエルが……！」

スタージュエルの光《ひかり》は警告《けいこく》するように点滅《てんめつ》しながら、直線《ちょくせん》の廊下《ろうか》を貫《つらぬ》くように照《て》らしている。

右側《みぎがわ》には教室《きょうしつ》が並《なら》び、左側《ひだりがわ》は壁《かべ》と窓《まど》。窓《まど》からは対面《たいめん》にある別《べつ》の校舎《こうしゃ》が見《み》える。電灯《でんとう》のついている廊下《ろうか》は明《あか》るく見通《みとお》しもいいけど、人《ひと》は誰《だれ》ひとり見当《みあ》たらない。

「グール、いるのかな……？」

恐《おそ》る恐《おそ》る問《と》いかけると、零士君《れいじくん》が青《あお》い瞳《ひとみ》を光《ひか》らせながら断言《だんげん》した。

「いる。強《つよ》い魔《ま》の気配《けはい》を感《かん》じる」

虎鉄君《こてつくん》はわくわくした表情《ひょうじょう》で金色《きんいろ》の目《め》を光《ひか》らせる。

「けっこー手強《てごわ》そうな感《かん》じじゃん。楽《たの》しみだ」

やっぱりいるんだ……しかも、強《つよ》そうなのが。

ごくりと唾《つば》を飲《の》みこんでいると、零士君《れいじくん》と虎鉄君《こてつくん》が手《て》をさし出《だ》してきた。

「グールの襲撃《しゅうげき》にすぐに対処《たいしょ》できるよう、悪魔《あくま》の姿《すがた》になっておきたい。リン、手《て》を」

「俺《おれ》も頼《たの》むわ」

「あ、はい」

ふたりの手《て》に、わたしは両手《りょうて》をあずけた。

右手《みぎて》を、虎鉄君《こてつくん》ががしっと握《にぎ》ってきて――「風《かぜ》よ」

左手《ひだりて》を、零士君《れいじくん》はうやうやしくふれてきて――「氷《こおり》よ」

足元《あしもと》にふたつの魔法陣《まほうじん》が現《あらわ》れて、吹《ふ》き上《あ》がる風《かぜ》と冷気《れいき》の中《なか》でふたりは黒衣《こくい》の悪魔《あくま》の姿《すがた》になった。

「もうすぐ4時《じ》4分《ぷん》よ」

人形《にんぎょう》の小物《こもの》の中《なか》にあったという懐中時計《かいちゅうどけい》を見《み》ながら、蘭《らん》ちゃんがカウントダウンを始《はじ》める。

「5秒前《びょうまえ》、4、3、2、1――」

わたしたちは帰《かえ》れない廊下《ろうか》に足《あし》を踏《ふ》み入《い》れた。

光《ひか》りつづけるスタージュエルを握《にぎ》りながら、誰《だれ》もいない教室《きょうしつ》をひとつひとつのぞき、入江君《いりえくん》がいないか確《たし》かめながら進《すす》む。物音《ものおと》ひとつしないんだけど、物陰《ものかげ》から何《なに》かがわっと出《で》てきそうな気《き》がして、思《おも》わずそばにいた零士君《れいじくん》の手《て》を握《にぎ》った。

「リン、恐《おそ》れることはない。僕《ぼく》がついている」

「う、うん」

でも怖《こわ》いって気持《きも》ちを消《け》し去《さ》るのはなかなか難《むずか》しい。

すると、零士君《れいじくん》がわたしの緊張《きんちょう》をほぐすように話《はなし》をふってきた。

「話《はな》しながら行《い》こう。今日《きょう》戻《もど》ってきた数学《すうがく》の小《しょう》テスト、どうだった？」

わたしは、あっ、と思《おも》い出《だ》した。

「そうだ、お礼《れい》言《い》わなきゃって思《おも》ってたの。85点《てん》もとれたの。零士君《れいじくん》が解《と》き方《かた》のコツを教《おし》えてくれたおかげだよ。どうもありがとう」

零士君《れいじくん》は目元《めもと》をやわらげて微笑《ほほえ》んだ。

「君《きみ》の役《やく》に立《た》てたのならよかった」

虎鉄君《こてつくん》が、零士君《れいじくん》に目《め》を向《む》けた。

「へえ、おまえ、リンに勉強教《べんきょうおし》えてんのか。……マンツーマンで？」

「そうだ」

「ふぅん……そいつは知《し》らなかったな」

「おまえたちには知《し》らせていないからな。知《し》らせる義務《ぎむ》もないだろう」

虎鉄君《こてつくん》が歩《ある》きながらふと言《い》った。

「そういやリン、この前《まえ》のアレ、どうだった？」

「え？　アレって？」

「ほら、俺《おれ》が会《あ》いにいった夜《よる》だよ」

少《すこ》し前《まえ》、真夜中《まよなか》にふと目《め》が覚《さ》めて、眠《ねむ》れなくなったときがあった。星《ほし》を見《み》ようと思《おも》ってカーテンを開《あ》けると、そこに虎鉄君《こてつくん》がいた。もっと近《ちか》くで星《ほし》を見《み》ようと誘《さそ》われて、ふたりで箒《ほうき》に乗《の》って星空《ほしぞら》の散歩《さんぽ》をした。うっとりするようなステキな体験《たいけん》だった。

「疲《つか》れなかったか？」

「ううん。すごく楽《たの》しかったよ」

「そっか。じゃあ、またしような」

零士君《れいじくん》が青《あお》い目《め》を細《ほそ》めて、探《さぐ》るように虎鉄君《こてつくん》を見《み》た。

「……………何《なに》をしたんだ？」

「別《べつ》になんだっていいだろ？　いつどこで何《なに》しようが俺《おれ》の自由《じゆう》だし、いちいち知《し》らせる義務《ぎむ》もねーしな」

虎鉄君《こてつくん》から吹《ふ》きあがる風《かぜ》で黒衣《こくい》がはためき、零士君《れいじくん》から発生《はっせい》する冷気《れいき》があたりに漂《ただよ》いだす。

お互《たが》いを見《み》るふたりの目《め》が怖《こわ》い。

「こ、虎鉄君《こてつくん》、零士君《れいじくん》！　仲良《なかよ》くしようよ、ね？」

わたしの提案《ていあん》に、ふたりは声《こえ》をそろえて言《い》った。

「無理《むり》だ」

「不可能《ふかのう》だ」

……やっぱりこうなっちゃうんだね。

そのとき、蘭《らん》ちゃんがわたしの髪《かみ》の毛《け》にしがみついて叫《さけ》んだ。

「きゃ――――っ」

耳元《みみもと》で響《ひび》いてきた悲鳴《ひめい》に、わたしはビクッとしてつられて叫《さけ》んだ。

「きゃ――――っ！　ら、蘭《らん》ちゃん、どうしたの⁉」

「な、なんか動《うご》いた！　あそこ！」

蘭《らん》ちゃんが指《ゆび》さした教室《きょうしつ》の中《なか》を恐《おそ》る恐《おそ》るのぞく。そこは空《あ》き教室《きょうしつ》で机《つくえ》も椅子《いす》もなく、がらんとしていて誰《だれ》もいない。動《うご》いているのは、窓《まど》ガラスに映《うつ》ったわたしたちの姿《すがた》だけだ。

「動《うご》いたのは、窓《まど》に映《うつ》ったわたしたち……かな？」

「あ……ごめん」

カ～ッと赤《あか》くなる蘭《らん》ちゃんに、虎鉄君《こてつくん》があきれ顔《がお》で言《い》う。

「幽霊《ゆうれい》のくせにびびんなよ」

「ゆ、幽霊《ゆうれい》だって怖《こわ》いもんは怖《こわ》いわよ！　も〜、どうしてこんなところ来《こ》なくちゃならないのよ？」

ぶつぶつ言《い》う蘭《らん》ちゃんに、零士君《れいじくん》がツッコミを入《い》れる。

「君《きみ》が来《き》たいと言《い》ったのだろう」

「それとこれとは話《はなし》は別《べつ》！　部活《ぶかつ》には参加《さんか》したいけど、不気味《ぶきみ》な場所《ばしょ》は苦手《にがて》なの！　も〜、さっさと用事《ようじ》をすませて、早《はや》く帰《かえ》……きゃ――――っ！」

蘭《らん》ちゃんの悲鳴《ひめい》に、またまたわたしはビクッとして叫《さけ》ぶ。

「きゃ――っ！　こ、今度《こんど》は何《なに》？」

「廊下《ろうか》が曲《ま》がってるっ！」

蘭《らん》ちゃんが指《ゆび》さす方《ほう》を見《み》て、わたしは目《め》を見開《みひら》いた。

ずっと直線《ちょくせん》だった廊下《ろうか》が左《ひだり》へゆるやかにカーブしていて、その先《さき》が見《み》えない。校舎《こうしゃ》は直線《ちょくせん》で廊下《ろうか》もまっすぐで、カーブなんて存在《そんざい》しないはずなのに。

零士君《れいじくん》がふり返《かえ》って言《い》った。

「後《うし》ろもだ」

わたしはいま歩《ある》いてきた廊下《ろうか》を見《み》て、ぎょっとした。ずっとまっすぐに廊下《ろうか》を歩《ある》いてきたはずなのに、右《みぎ》にカーブしていた。

虎鉄君《こてつくん》がわくわくした顔《かお》で笑《わら》う。

「ふーん、どうやら入《はい》れたみたいだな。帰《かえ》れない廊下《ろうか》に」

ぞぞぞ～！　全身《ぜんしん》に鳥肌《とりはだ》が立《た》った。いつ廊下《ろうか》がこんなふうになったのか、ぜんぜんわからなかった。

蘭《らん》ちゃんがわたしの髪《かみ》にぎゅっとしがみつきながら不安《ふあん》げに言《い》う。

「ちょっとぉ……大丈夫《だいじょうぶ》なんでしょうね？　ちゃんと帰《かえ》れるわよね？」

零士君《れいじくん》と虎鉄君《こてつくん》は平然《へいぜん》と答《こた》えた。

「問題《もんだい》ない。このような場所《ばしょ》から抜《ぬ》け出《だ》す魔法《まほう》は、幾通《いくとお》りもある」

「いざというときは、壁《かべ》ごと魔法《まほう》でぶっ壊《こわ》しゃあいいんだし」

ふたりが大丈夫《だいじょうぶ》だって言《い》うんだから、大丈夫《だいじょうぶ》……大丈夫《だいじょうぶ》。

わたしは自分《じぶん》にそう言《い》い聞《き》かせて、怖《こわ》い気持《きも》ちを抑《おさ》えながら廊下《ろうか》を進《すす》んだ。

だんだん天井《てんじょう》が低《ひく》くなって幅《はば》も狭《せま》くなり、カーブがどんどん深《ふか》くなる。廊下《ろうか》というよりトンネル、まるで渦巻《うずま》きの中心《ちゅうしん》へ向《む》かってるみたいだ。

この先《さき》には、いったい何《なに》が？　そう思《おも》っていたとき、虎鉄君《こてつくん》がザッと前《まえ》に出《で》た。

「グール、はっけーん」

ぐぐっと狭《せま》くなっている廊下《ろうか》の先《さき》に、真《ま》っ黒《くろ》なものが見《み》えた。闇《やみ》のような色《いろ》のそれは、ふたつの目《め》を光《ひか》らせてこちらを見《み》ている。動《うご》く様子《ようす》はない。

「おーい、かかってこねえのかよ？」

虎鉄君《こてつくん》の呼《よ》びかけに返事《へんじ》はなかった。

グールはじっとして動《うご》かず、観察《かんさつ》するようにこっちを見《み》ているだけだ。

「そっちが来《こ》ねーなら、こっちから行《い》くぜ」

虎鉄君《こてつくん》の魔力《まりょく》が高《たか》まり、その足元《あしもと》から風《かぜ》が吹《ふ》き起《お》こりはじめた——そのときだった。

カッ！　突然《とつぜん》、周囲《しゅうい》で黒《くろ》い光《ひかり》のようなものが光《ひか》り、それに照《て》らされて虎鉄君《こてつくん》の身体《からだ》が黒《くろ》く染《そ》まる。

「うっ!?」

虎鉄君《こてつくん》が苦痛《くつう》の声《こえ》を発《はっ》して膝《ひざ》をつき、廊下《ろうか》にうずくまった。風《かぜ》がかき消《き》えて、虎鉄君《こてつくん》が虎猫《とらねこ》の姿《すがた》になってしまった。

「虎鉄君《こてつくん》！　虎鉄君《こてつくん》、どうしたの!?　大丈夫《だいじょうぶ》？」

わたしはあわてて駆《か》け寄《よ》って虎猫《とらねこ》を助《たす》け起《お》こした。虎猫《とらねこ》はぐったりとして、ぜえぜえ息《いき》を切《き》らしている。

「な……んだ、こりゃ……力《ちから》が……！」

零士君《れいじくん》がわたしのかたわらに立《た》ち、青《あお》い瞳《ひとみ》で周囲《しゅうい》を警戒《けいかい》しながら言《い》った。

「リン、僕《ぼく》のそばから離《はな》れないように」

「う、うん」

虎猫《とらねこ》は横《よこ》たわったまま息《いき》も絶《た》え絶《だ》えだ。

「待《ま》ってて、虎鉄君《こてつくん》。いま手《て》を――」

魔女《まじょ》と悪魔《あくま》が手《て》をふれ合《あ》えば魔力《まりょく》を高《たか》められる。そうすれば虎鉄君《こてつくん》は元気《げんき》になるはずだ。

そう思《おも》って虎猫《とらねこ》の手《て》にさわろうとしたときだった。

「リン、駄目《だめ》だ！」

零士君《れいじくん》の声《こえ》でハッと顔《かお》をあげる。

さっき虎鉄君《こてつくん》を襲《おそ》った黒《くろ》い光《ひかり》がまた光《ひか》り、零士君《れいじくん》が身体《からだ》を盾《たて》にしてわたしをかばいながら、魔法《まほう》の呪文《じゅもん》を叫《さけ》んだ。

「リストリヴァカーレ・エシュラン！」

わたしたちの周囲《しゅうい》にドーム状《じょう》に氷《こおり》の壁《かべ》ができた。でも黒《くろ》い光《ひかり》は防《ふせ》げなかった。

なぜか氷《こおり》の壁《かべ》が消《き》え失《う》せてしまい、黒《くろ》い光《ひかり》が零士君《れいじくん》を襲《おそ》った。

「うっ⁉」

「零士君《れいじくん》！」

今度《こんど》は零士君《れいじくん》が白猫《しろねこ》になって倒《たお》れてしまった。

蘭《らん》ちゃんが驚《おどろ》いて叫《さけ》ぶ。

「やだっ、ちょっとあなたたち！　なんでニャンコになってんの⁉」

「零士君《れいじくん》、零士君《れいじくん》！　しっかりして！」

白猫《しろねこ》が苦《くる》しそうに呼吸《こきゅう》しながら、頭《あたま》をもたげてわたしに言《い》った。

「リン……魔力《まりょく》を使《つか》ってはダメだ。僕《ぼく》らにふれて魔力《まりょく》の交流《こうりゅう》をするのもだ」

「え？　どうして？」

「僕《ぼく》としたことが……うかつだった。この廊下《ろうか》に入《はい》らなければ事件《じけん》を解決《かいけつ》できないと思《おも》ったが、逆《ぎゃく》だ。そもそも、ここに入《はい》ってはいけなかったんだ」

「どういうこと？」

「封印魔法《ふういんまほう》、『クロードメタル』がこの廊下《ろうか》のまわりに張《は》られている」

真《ま》っ暗《くら》な窓《まど》の外《そと》に目《め》をこらすと、宙《ちゅう》にうっすら黒《くろ》い文字《もじ》のようなものが見《み》えた。魔界《まかい》の文字《もじ》で書《か》かれた魔法陣《まほうじん》が、窓《まど》の外《そと》に張《は》りめぐらされている。

「この中《なか》では、魔力《まりょく》を使《つか》えば使《つか》うほど力《ちから》を奪《うば》われる。いかなる魔法《まほう》を使《つか》うことも不可能《ふかのう》だ」

えっ、そんな、魔法《まほう》が使《つか》えないなんて――大《だい》ピンチすぎる！

白猫《しろねこ》は息《いき》をきらしながら身体《からだ》を起《お》こした。

「相手《あいて》は予想以上《よそういじょう》に頭《あたま》が切《き》れ、なおかつ高度《こうど》な魔法《まほう》を使《つか》う実力者《じつりょくしゃ》のようだ。これは悪魔《あくま》の力《ちから》をそぐために仕掛《しか》けられた罠《わな》――それに僕《ぼく》らはまんまとはまってしまった」

虎猫《とらねこ》もふらつきながら舌打《したう》ちした。

「まず俺《おれ》らの力《ちから》を奪《うば》ってから、獲物《えもの》を捕《つか》まえるっつー作戦《さくせん》か」

蘭《らん》ちゃんが顔《かお》を引《ひ》きつらせながら叫《さけ》ぶ。

「獲物《えもの》って何《なに》よ⁉」

「決《き》まってんだろ。奴《やつ》の狙《ねら》いは――リンだ」

ズズズ……地響《じひび》きのような音《おと》がして、わたしはぎくりとした。

廊下《ろうか》の先《さき》にいたものがこっちに向《む》かって動《うご》きはじめ、男《おとこ》の子《こ》の歌《うた》が聞《き》こえた。

――でーんでーんむーしむし、かたつむり～。

楽《たの》しそうな歌声《うたごえ》を廊下《ろうか》に響《ひび》かせながら、黒《くろ》い大《おお》きなものがゆっくりやってくる。

――おまえの頭《あたま》はどこにある？　角出《つのだ》せ槍出《やりだ》せ頭出《あたまだ》せ～

その歌《うた》で、正体《しょうたい》が明《あき》らかとなった。

「あれって……かたつむり？」

「そうだ。かたつむりのグール、ここはその殻《から》の内部《ないぶ》だ」

雨《あめ》の日《ひ》という条件《じょうけん》、渦《うず》を巻《ま》くようにカーブしているトンネルのような廊下《ろうか》……不思議《ふしぎ》に思《おも》っていたそれらのことに納得《なっとく》がいった。

にょーんとのびたふたつの目《め》がぎょろりとわたしを見《み》て、巨大《きょだい》なかたつむりが向《む》かってきた。

「ど、どうしよう⁉」

あわてていると、白猫《しろねこ》が答《こた》えた。

「グールは魔法《まほう》でなければ倒《たお》せない。魔法《まほう》が使《つか》えない以上《いじょう》、逃《に》げるしかない」

「リン、走《はし》れ！」

「う、うん！」

虎猫《とらねこ》の声《こえ》に押《お》されて、わたしは廊下《ろうか》を引《ひ》き返《かえ》し、走《はし》りだした。

蘭《らん》ちゃんが肩《かた》の上《うえ》でわたしの髪《かみ》につかまって、虎猫《とらねこ》と白猫《しろねこ》がわたしの左右《さゆう》を走《はし》る。

でも猫《ねこ》は2匹《ひき》とも身体《からだ》がすごく重《おも》そうで、足元《あしもと》がおぼつかない。走《はし》るのもつらそうだ。

わたしはかがんで、２匹《ひき》の猫《ねこ》を両腕《りょううで》で抱《かか》えた。

「つかまって」

2匹《ひき》はあわててわたしの腕《うで》からとび降《お》りた。

「おわっ⁉ リン、ちょ、待《ま》った待《ま》った！ 俺《おれ》がリンを抱《だ》っこするのはいいけど、逆《ぎゃく》はなしだ！」

「僕《ぼく》らはいい。君《きみ》は先《さき》に逃《に》げるんだ」

わたしは廊下《ろうか》に正座《せいざ》して、きりっと2匹《ひき》を見《み》た。

「虎鉄君《こてつくん》、零士君《れいじくん》、わたしたちはなんですか？」

2匹《ひき》がそろって首《くび》をかしげる。

「婚約者《こんやくしゃ》です。大切《たいせつ》な婚約者《こんやくしゃ》を置《お》いて逃《に》げるなんて、できるわけないでしょう？ 困《こま》ったときこそ助《たす》け合《あ》わなきゃ」

じっと見《み》つめてくる2匹《ひき》に、わたしはにっこり笑《わら》いかけた。

「大丈夫《だいじょうぶ》！ わたし、こう見《み》えて、けっこう力持《ちからも》ちなんだよ。お買《か》い物《もの》で鍛《きた》えてるから」

お米《こめ》や牛乳《ぎゅうにゅう》、ジャガイモやタマネギなんかを、大《おお》きなマイバッグいっぱいに買《か》って家《いえ》まで運《はこ》ぶのは日常茶飯事《にちじょうさはんじ》。最近《さいきん》は御影君《みかげくん》が手伝《てつだ》ってくれるけど、ダテに小学生《しょうがくせい》の頃《ころ》から家事《かじ》をやっていない。

「はい、つかまって」

両腕《りょううで》を広《ひろ》げると、2匹《ひき》は観念《かんねん》したように息《いき》をついた。

「リンって、実《じつ》はけっこうたくましいよな。マジ惚《ほ》れるわ」

「すまない。世話《せわ》になる」

わたしは肩《かた》につかまってきた2匹《ひき》を両腕《りょううで》で抱《かか》えて、再《ふたた》び走《はし》り出《だ》した。

幸《さいわ》い、グールの動《うご》きはのろのろ遅《おそ》かった。運動《うんどう》に自信《じしん》のないわたしの足《あし》でも、充分《じゅうぶん》にふりきれるくらいゆっくりだ。これなら逃《に》げきれる、そう思《おも》ったときだった。

「えっ、行《い》き止《ど》まり……!?」

前《まえ》が、黒《くろ》い魔法陣《まほうじん》でふさがれていた。近《ちか》くの窓《まど》や教室《きょうしつ》のドアを開《あ》けようとしてみたけど、まるで接着剤《せっちゃくざい》で固《かた》められたように動《うご》かず、窓《まど》ガラスは鉄板《てっぱん》みたいに固《かた》くなっている。

わたしは黒《くろ》い魔法陣《まほうじん》に向《む》かって、肩《かた》から思《おも》いっきり体当《たいあ》たりした。

「うっ……！」

魔法陣《まほうじん》はコンクリートの壁《かべ》のようにびくともせず、肩《かた》に強《つよ》い痛《いた》みが走《はし》る。

虎猫《とらねこ》がおどろいて耳《みみ》や尻尾《しっぽ》を立《た》てた。

「リン、よせ！　魔法陣《まほうじん》は力《ちから》では破《やぶ》れない！」

「でも、なんとかしないと……！」

わたしがなんとかしないと、みんなが。

そのとき、白猫《しろねこ》が意《い》を決《けっ》したように言《い》った。

「御影《みかげ》を呼《よ》ぼう」

その提案《ていあん》に、虎猫《とらねこ》があわてて待《ま》ったをかけた。

「ちょ、ちょっと待《ま》て零士《れいじ》！　あいつを頼《たよ》るのかよ？」

「この魔法陣《まほうじん》は内側《うちがわ》からは絶対《ぜったい》に破《やぶ》れない。外側《そとがわ》から、誰《だれ》かに破《やぶ》ってもらうしかない」

「俺《おれ》は反対《はんたい》だっ。ただでさえ、リンの彼氏面《かれしづら》して図《ず》に乗《の》ってやがるのに……これ以上《いじょう》、あいつに花《はな》をもたせてたまるかよ！」

「僕《ぼく》とて、望《のぞ》んでそうするわけじゃない。自分《じぶん》の婚約者《こんやくしゃ》が危機《きき》に陥《おちい》っているのに他《ほか》の悪魔《あくま》を頼《たよ》るなど、これ以上《いじょう》の恥《はじ》はない」

白猫《しろねこ》はくやしそうに牙《きば》をかみしめる。

「だがこのままではリンが危《あぶ》ない。ここは恥《はじ》をしのび、リンを守《まも》ることを優先《ゆうせん》する」

蘭《らん》ちゃんが悲鳴《ひめい》をあげるように叫《さけ》んだ。

「来《き》たわよっ！」

ふりむくと、廊下《ろうか》の先《さき》からかたつむりの頭《あたま》が見《み》えた。
ズ、ズズ、ズズズ……地響《じひび》きのような音《おと》をたてながら、ゆっくりゆっくり前進《ぜんしん》してくる。

かたつむりだから動《うご》きがゆっくりなのだと思《おも》ったけど、たぶんそれだけじゃない。急《いそ》ぐ必要《ひつよう》はまったくないんだ。だってもう、獲物《えもの》であるわたしは追《お》いつめられて逃《に》げられない。この廊下《ろうか》に入《はい》ったら帰《かえ》れない――噂《うわさ》どおりだった。

虎猫《とらねこ》は牙《きば》をむいてかたつむりをにらみながら、腹立《はらだ》たしげにうなる。

「くっそぉ〜、あいつ、ぜってー調子《ちょうし》にのるぜ？　俺《おれ》らを鼻《はな》で笑《わら》って、これみよがしにリンにベタベタするに決《き》まってる！」

「まったく同感《どうかん》だが仕方《しかた》がない。リンを守《まも》るためだ」

「う〜〜〜〜〜っ、しゃーねーなっ！」

虎猫《とらねこ》は牙《きば》をかみしめ、反論《はんろん》をやめた。

白猫《しろねこ》がわたしに青《あお》い目《め》を向《む》けて言《い》った。

「リン、御影《みかげ》を呼《よ》べ」

「呼《よ》ぶって……どうやって？」

「ただ呼《よ》べばいい。あいつの名前《なまえ》を」

わたしは目《め》をぱちくりさせた。てっきり呪文《じゅもん》を唱《とな》えるとか手順《てじゅん》があるんじゃないかと思《おも》ったけど、あまりに簡単《かんたん》すぎる方法《ほうほう》にびっくりした。

「それだけ……？」

「ああ。それだけだ」

「でも……聞《き》こえるかな？」

御影君《みかげくん》のいる調理室《ちょうりしつ》はここからかなり遠《とお》い。

いくら大声《おおごえ》で叫《さけ》んでも、聞《き》こえるような距離《きょり》じゃない。

そんなわたしの疑問《ぎもん》をはらいのけるように、白猫《しろねこ》は言《い》った。

「距離《きょり》は関係《かんけい》ない。君《きみ》は僕《ぼく》たち3人《にん》と婚約《こんやく》した瞬間《しゅんかん》から、契約《けいやく》という絆《きずな》でつながっている。どこにいようと君《きみ》が心《こころ》から呼《よ》びさえすれば、あいつは来《く》る」

ズズズ……巨大《きょだい》なかたつむりがすぐそこまでせまってきた。もういくらも距離《きょり》はない。

そのときかたつむりの黒《くろ》い2本《ほん》の角《つの》がぎゅん！　とのびてきて、わたしの両手《りょうて》に巻《ま》きついた。

「きゃあ!?」

ぐいっと引《ひ》っぱられて、気《き》がついたら、目《め》の前《まえ》に真《ま》っ黒《くろ》で巨大《きょだい》なかたつむりの顔《かお》があった。

——角出《つのだ》せ、槍出《やりだ》せ、目玉出《めだまだ》せ。いっただきま〜す。

グールが楽《たの》しげに歌《うた》いながら、ぱかあっと口《くち》を開《あ》ける。

わたしは大《おお》きく息《いき》を吸《す》って、おなかの底《そこ》から思《おも》いっきり叫《さけ》んだ。

「み……御影《みかげ》く――――――――――――――ん!!」

帰《かえ》れない廊下《ろうか》にわたしの声《こえ》が響《ひび》きわたった。

5

瞬間《しゅんかん》、魔法陣《まほうじん》とかたつむりの殻《から》にヒビが走《はし》った。ヒビはみるみる広《ひろ》がり、そこから炎《ほのお》が噴《ふ》き出《だ》して視界《しかい》が真《ま》っ赤《か》に染《そ》まる。炎《ほのお》はわたしの腕《うで》に巻《ま》きついていた角《つの》を焼《や》ききり、激《はげ》しく燃《も》えながらかたつむりの顔面《がんめん》にぶつかる。かたつむりは気持《きも》ち悪《わる》い叫《さけ》び声《ごえ》をあげながら、廊下《ろうか》の奥《おく》へ引《ひ》っこんだ。

わたしは紅蓮《ぐれん》の炎《ほのお》に包《つつ》まれてホッとした。こんなふうに炎《ほのお》に巻《ま》かれたらふつうは怖《こわ》くなるんだろうけど、わたしにとって炎《ほのお》は安心《あんしん》するものだ。

(来《き》てくれた)

足元《あしもと》には赤《あか》の魔法陣《まほうじん》。わたしを包《つつ》んでいた炎《ほのお》が人《ひと》の形《かたち》になり、その首元《くびもと》でチョーカーの石《いし》が赤《あか》く輝《かがや》いているのが見《み》えた。

炎《ほのお》が完全《かんぜん》に人《ひと》の形《かたち》になって、息《いき》を飲《の》む。わたしは御影君《みかげくん》に抱《だ》きしめられていた。

「……待《ま》ってた」

「え？」

「このときをずっと待《ま》ってた、リンが俺《おれ》を呼《よ》んでくれるのを……声《こえ》をあげて、心《こころ》から呼《よ》んでくれるのを、ずっと……ずっと、待《ま》ってた」

御影君《みかげくん》は熱《ねつ》をおびた声《こえ》でささやくように耳元《みみもと》に語《かた》りかけてくる。

「呼《よ》んでくれて、うれしい……すっげーうれしい……うれしくて、たまんない……！」

そう言《い》いながら、髪《かみ》をなで、わたしの頬《ほお》にほおずりしてきた。

はう……！　顔《かお》が熱《あつ》くなって、カ～ッと体温《たいおん》が急上昇《きゅうじょうしょう》する。

虎猫《とらねこ》が御影君《みかげくん》の背中《せなか》に、どふっと体当《たいあ》たりした。

「おいコラ御影《みかげ》！　リンにべたべたするんじゃねーよ！」

白猫《しろねこ》は御影君《みかげくん》の黒衣《こくい》に爪《つめ》をたててにらみつける。

「御影《みかげ》、過剰《かじょう》な接触《せっしょく》はよせ」

「聞《き》こえねーなぁ？」

御影君《みかげくん》は片腕《かたうで》をふり黒衣《こくい》をばさっとはためかせて、2匹《ひき》の猫《ねこ》をふりはらった。空中《くうちゅう》に投《な》げ出《だ》された2匹《ひき》は宙《ちゅう》でくるっと回転《かいてん》し、しゅたっと着地《ちゃくち》する。

御影君《みかげくん》は勝《か》ち誇《ほこ》った顔《かお》で言《い》い放《はな》った。

「なんか猫《ねこ》がニャーニャー鳴《な》いてっけど、何言《なにい》ってるか、ぜんっぜんわかんねえわ。あぁ、そこの猫《ねこ》2匹《ひき》、助《たす》けてほしかったら俺《おれ》とリンのラブシーンを邪魔《じゃま》すんなよ。いいな？」

虎猫《とらねこ》が地団駄《じだんだ》を踏《ふ》みながら叫《さけ》ぶ。

「ほらな！　くっそ〜！」

白猫《しろねこ》も苦《にが》い表情《ひょうじょう》をしてグルルルとうなっている。

御影君《みかげくん》が猫《ねこ》たちから目《め》を離《はな》し、赤《あか》い瞳《ひとみ》でわたしを見《み》た。

ドッキーンッ！　心臓《しんぞう》がとび出《で》そうになりながら、わたしはあたふたして言《い》った。

「ご、ごめんね御影君《みかげくん》、いきなり呼《よ》んじゃって……！」

「どうして謝《あやま》るんだ？　俺《おれ》はこんなにうれしいのに」

「だ、だって、クッキー作《つく》ってたんでしょ？」

「ちょうど作《つく》り終《お》わって、いまオーブンで焼《や》いてるとこ。だから問題《もんだい》なし」

「そ、そっか……よかった」

いまはのんきにクッキーの話《はなし》をしている場合《ばあい》じゃないよ！

そう自分《じぶん》にツッコみながらも、頭《あたま》がのぼせあがってしまって、何《なに》を言《い》えばいいのかわからなかった。どうしてかな？　こんなふうにせまられたり、抱《だ》きしめられたりするのは初《はじ》めてじゃないのに。

うれしそうな御影君《みかげくん》がいつも以上《いじょう》にかっこよく見《み》えて、すごいドキドキする。

「あ、あのね、ここはかたつむりのグールの中《なか》で……殻《から》の中《なか》に閉《と》じこめられちゃって、出《で》られなくなっちゃって……そ、それでね」

状況《じょうきょう》を説明《せつめい》しなきゃと思《おも》って口《くち》をぱくぱくしていると、唇《くちびる》にしっと人差《ひとさ》し指《ゆび》を当《あ》てられた。

「心配《しんぱい》ない。問題《もんだい》ない。恐《おそ》れるものは何《なに》もない。俺《おれ》とリンが結《むす》ばれれば、不可能《ふかのう》はない」

唇《くちびる》の動《うご》きを止《と》められて、息《いき》をすることもうまくできなくなった。

ドキンドキンドキン……鼓動《こどう》がどんどん高鳴《たかな》っていく。

御影君《みかげくん》の一言一言《ひとことひとこと》にときめいてしまう。

「いつでも呼《よ》んでほしい。何度《なんど》でも呼《よ》ばれたい。リンに呼《よ》ばれたら俺《おれ》はいつでも、どこにでも、地《ち》の果《は》てまでも駆《か》けつける」

息《いき》がかかるほどの距離《きょり》で、誓《ちか》いのような情熱的《じょうねつてき》な言葉《ことば》をささやきかけてくる。

わたしはその腕《うで》の中《なか》で、あつあつの焼《や》け石《いし》となった。

なんかもう……御影君《みかげくん》がかっこよすぎて、顔《かお》をまともに見《み》られない。

「俺《おれ》はリンと結《むす》ばれたい……——リンは？　リンは、俺《おれ》と結《むす》ばれたい？」

わたしはうつむき、目《め》をそらしながら口《くち》ごもった。

「えっと、あの……その……！」

「ちゃんと答《こた》えて。結《むす》ばれたい？」

「え？　えっと……それは……！」

虎鉄君《こてつくん》や零士君《れいじくん》と結《むす》ばれてウエディングドレスを着《き》たときのうれしさやトキメキは、いま思《おも》い出《だ》してもうっとりしてしまう。

だから正直《しょうじき》、ちょっと期待《きたい》していた。御影君《みかげくん》ともそうなれたらいいな——なんて。

でも、結《むす》ばれたいなんて……恥《は》ずかしくて言《い》えないよ。

ドキドキしすぎてもごもごしていると、御影君《みかげくん》が低《ひく》い声《こえ》で言《い》った。

「——結《むす》ばれたくないのか？」

鋭《するど》い声《こえ》に一瞬《いっしゅん》、胸《むね》がひやりとした。

「そ、そんなこと——」

ない、と言《い》おうと顔《かお》をあげた瞬間《しゅんかん》、息《いき》が止《と》まった。

「——!!」

赤《あか》い瞳《ひとみ》が目《め》の前《まえ》にあった。いつもの優《やさ》しいまなざしではなく、鋭《するど》くつり上《あ》がり妖《あや》しく光《ひか》っている悪魔《あくま》の瞳《ひとみ》が。

「俺《おれ》はリンが好《す》きでたまらないのに、リンは違《ちが》うのか？　俺《おれ》はリンと結《むす》ばれたいのに……リンは違《ちが》うのか？」

そんなことないよ、わたしだって――。でも声《こえ》が出《で》なかった。まるで蛇《へび》ににらまれたカエルみたいに身体《からだ》がすくんで、赤《あか》い瞳《ひとみ》から視線《しせん》がはずせない。

「リン、俺《おれ》を見《み》ろ」

御影君《みかげくん》の手《て》がわたしのあごをつかみ、赤《あか》い瞳《ひとみ》がわたしの目《め》をのぞきこんできた。

赤《あか》い瞳《ひとみ》に、わたしが映《うつ》っている。真《ま》っ赤《か》に染《そ》まったわたしが。

それを見《み》た瞬間《しゅんかん》、ポッと火《ひ》がともるように心《こころ》の中《なか》に強《つよ》い感情《かんじょう》が生《う》まれた。その火《ひ》がどんどん大《おお》きくなり、燃《も》え広《ひろ》がって炎《ほのお》になる。

(な、何《なに》これ？　なんか……)

なんか、変《へん》。いつものドキドキとは違《ちが》う。全身《ぜんしん》をめぐる血《ち》が沸騰《ふっとう》したように熱《あつ》くなり、心臓《しんぞう》がドックンドックン音《おん》をたてて内側《うちがわ》から突《つ》き上《あ》げてくる。

ゴオオオオオッ……！

真《ま》っ赤《か》な炎《ほのお》が音《おと》をたてて燃《も》える。わたしのまわりで――わたしの心《こころ》の中《なか》で。

「御影君《みかげくん》……！」

たまらず名前《なまえ》を呼《よ》んだ。激《はげ》しい感情《かんじょう》に胸《むね》が焦《こ》がされて、苦《くる》しくて、吐《は》き出《だ》さずにいられない。

それは炎《ほのお》のような恋《こい》だった。御影君《みかげくん》への想《おも》いに、疑問《ぎもん》とか、緊張《きんちょう》とか、ためらいとか、恥《は》ずかしさとか、そういったものが溶《と》かされてなくなっていく。

御影君《みかげくん》が……好《す》き。好《す》きすぎて、おかしくなってしまいそうだ。

「リン」

雷《かみなり》にうたれたように、身体中《からだじゅう》に衝撃《しょうげき》が走《はし》った。御影君《みかげくん》に名前《なまえ》を呼《よ》ばれた……それだけのことがうれしくてたまらない。御影君《みかげくん》がわたしを見《み》つめてくれることに、泣《な》きたくなるほどの幸《しあわ》せを感《かん》じた。

虎鉄君《こてつくん》と零士君《れいじくん》が何《なに》かを叫《さけ》んでいたけど、それが耳《みみ》に入《はい》らなくなり、御影君《みかげくん》の声《こえ》しか聞《き》こえなくなった。もう……御影君《みかげくん》しか見《み》えない。

「俺《おれ》はリンと結《むす》ばれたい……リンは？　リンは俺《おれ》とどうなりたい？」

美《うつく》しい赤《あか》い瞳《ひとみ》の悪魔《あくま》が、わたしを抱《だ》きすくめて命《めい》じた。

「答《こた》えろ」

わたしは御影君《みかげくん》に抱《だ》きついて叫《さけ》んだ。

「わたしも御影君《みかげくん》と結《むす》ばれたい――！」

炎《ほのお》の悪魔《あくま》が微笑《ほほえ》んだ。壮絶《そうぜつ》にうれしそうに。

「祝宴《しゅくえん》だ」

足元《あしもと》の魔法陣《まほうじん》から、さらなる炎《ほのお》が噴《ふ》き上《あ》がり、周囲《しゅうい》に燃《も》え広《ひろ》がっていく。

炎《ほのお》が強《つよ》くなるごとにわたしの感情《かんじょう》も強《つよ》まり、激《はげ》しい願望《がんぼう》が燃《も》える。手《て》を重《かさ》ね合《あ》うだけなんて嫌《いや》。抱《だ》き合《あ》うくらいじゃぜんぜん足《た》りないよ。もっと、もっと強《つよ》く御影君《みかげくん》とつながりたい。

わたしは御影君《みかげくん》の胸《むね》にすがりついてねだった。

「御影君《みかげくん》……キスして」

御影君《みかげくん》の指《ゆび》がわたしの唇《くちびる》をなぞるようにふれてくる。

「唇《くちびる》へのキスで結婚《けっこん》が成立《せいりつ》する……いいのか？」

「いいの。御影君《みかげくん》じゃなきゃダメなの。わたし……御影君《みかげくん》と結婚《けっこん》したい」

迷《まよ》いはまったくなかった。だって御影君《みかげくん》しか見《み》えない、御影君《みかげくん》の声《こえ》しか聞《き》こえない。

わたしの心《こころ》の中《なか》にはもう御影君《みかげくん》しかいなかった。

わたしは目《め》を閉《と》じた。なんの迷《まよ》いもなく御影君《みかげくん》の唇《くちびる》に唇《くちびる》を寄《よ》せていき、ファーストキスを捧《ささ》げようとした、そのとき。

御影君《みかげくん》が眉《まゆ》をひそめながら指先《ゆびさき》でわたしの唇《くちびる》にふれて、キスを止《と》めた。

「――ちょっと待《ま》った」

そして、赤《あか》い瞳《ひとみ》をわたしからそらした。

瞬間《しゅんかん》、胸《むね》の中《なか》に燃《も》えていた感情《かんじょう》がフッと消《き》えた。

「……え？」

わたしはハッと我《われ》に返《かえ》り、あわてて御影君《みかげくん》から離《はな》れた。

（い、いまの……何《なに》？）

さっきの感情《かんじょう》の残《のこ》りが、まだ胸《むね》で火照《ほて》っている。

自分《じぶん》の思《おも》ったこと、言《い》ったこと、やったこと、全部覚《ぜんぶおぼ》えている。

なぜか急《きゅう》に御影君《みかげくん》への気持《きも》ちが熱《あつ》くなって、御影君《みかげくん》しか見《み》えなくなって、それで御影君《みかげくん》に抱《だ》きついて、結《むす》ばれたいって叫《さけ》んでしまった。そして御影君《みかげくん》と強《つよ》く抱《だ》き合《あ》って、すごく結婚《けっこん》したくなって、こともあろうにわたしから御影君《みかげくん》にキスしようと、した。

火《ひ》がついたように顔《かお》が熱《あつ》くなって、わたしはあわてて両手《りょうて》で顔《かお》をおおった。

（きゃ～～～～～～～～～～～～～～っっ!!　な、何《なに》!?　なんで!?　わたし、どうしてあんなことを……御影君《みかげくん》の魔法《まほう》かな？　魔法《まほう》だよね!?）

そうじゃなきゃ説明《せつめい》がつかない。あんな大胆《だいたん》に御影君《みかげくん》にせまるなんて……自分《じぶん》のやったことが信《しん》じられない。まるでわたしがわたしじゃなくなってしまったみたいだった。

御影君《みかげくん》がわたしの身体《からだ》を見《み》て言《い》った。

「リン、どうしてウエディングドレスにならないんだ？」

「え？」

赤《あか》の魔法陣《まほうじん》の中《なか》で、御影君《みかげくん》がいつもの黒衣《こくい》をまとっている。でもわたしはウエディングドレスではなく、制服《せいふく》のままだ。

「さ、さあ……？」

「愛《あい》が足《た》りないのか？」

御影君《みかげくん》は自問《じもん》するようにつぶやくと、わたしをぐいっと引《ひ》き寄《よ》せて、髪《かみ》に、頬《ほお》に、額《ひたい》に、首《くび》にと、次々《つぎつぎ》とキスしてきた。

「ひゃ……っ！」

強引《ごういん》だけど優《やさ》しい——そんなキスの連続《れんぞく》に、わたしはふにゃふにゃになってしまった。だけどやっぱり、ウエディングドレスの姿《すがた》にはならない。

御影君《みかげくん》が表情《ひょうじょう》を険《けわ》しくしてうなった。

「結《むす》ばれない……なんでだ？」

ふにゃふにゃになりながら、わたしも同《おな》じ疑問《ぎもん》を持《も》った。

（なんでかな？　何《なに》か、やり方《かた》が間違《まちが》ってたのかな？）

虎鉄君《こてつくん》と零士君《れいじくん》とのときは何《なに》も知《し》らなかったのに、お互《たが》いの気持《きも》ちが通《つう》じ合《あ》うのを感《かん》じて、気《き》がついたらウエディングドレスをまとって結《むす》ばれていた。そして自然《しぜん》にわたしは魔法《まほう》を使《つか》うことができた……それなのに。

（どうして御影君《みかげくん》とは結《むす》ばれないんだろう？）

そのとき、御影君《みかげくん》の背後《はいご》からかたつむりグールが襲《おそ》いかかってきた。

「み、御影君《みかげくん》、うしろ――っ！」

御影君《みかげくん》は赤《あか》い瞳《ひとみ》でグールを鋭《するど》くにらみつける。

「いま、とりこみ中《ちゅう》だ。失《う》せろ」

けれどグールは牙《きば》をむいて襲《おそ》いかかってきた。

「とりこみ中《ちゅう》だって言《い》ってんだろ！　火炎噴射《かえんふんしゃ》！」

激《はげ》しく燃《も》える炎《ほのお》に飲《の》まれたかたつむりは、じゅうっと音《おと》をたてて一瞬《いっしゅん》で消《き》え失《う》せた。大《おお》きな殻《から》は黒《くろ》く焦《こ》げ、残《のこ》った灰《はい》すらも炎《ほのお》の中《なか》で消《き》え、あとかたもなく燃《も》え尽《つ》きた。

6

グールが消《き》えると、廊下《ろうか》は元《もと》に戻《もど》り、出口《でぐち》の階段《かいだん》が現《あらわ》れた。

電灯《でんとう》もパッとつき、暗《くら》い廊下《ろうか》が明《あか》るくなる。

「リン、あそこ！　誰《だれ》か倒《たお》れてるっ」

人形《にんぎょう》の蘭《らん》ちゃんが指《ゆび》さした方《ほう》を見《み》ると、廊下《ろうか》に倒《たお》れている人《ひと》が見《み》えた。

虎猫《とらねこ》と白猫《しろねこ》がわたしの手《て》にふれて魔力《まりょく》を回復《かいふく》し、虎鉄君《こてつくん》と零士君《れいじくん》の姿《すがた》になる。虎鉄君《こてつくん》が近寄《ちかよ》り、その人《ひと》の名札《なふだ》を見《み》て確認《かくにん》した。

「入江友弘《いりえともひろ》——ビンゴだな。こいつがかたつむりグールの本体《ほんたい》だ。魔《ま》に魂《たましい》を食《く》われてる」

入江君《いりえくん》に意識《いしき》はなく、顔色《かおいろ》が真《ま》っ青《さお》だった。このまま放《ほう》っておけば命《いのち》に関《かか》わる。

「零士君《れいじくん》、お願《ねが》い」

零士君《れいじくん》はうなずいて、入江君《いりえくん》に手《て》をかざした。

「メディシアングラン」

回復魔法《かいふくまほう》の力《ちから》で、青《あお》ざめていた入江君《いりえくん》の顔《かお》にみるみる赤《あか》みがさした。

「もう大丈夫《だいじょうぶ》だ」

零士君《れいじくん》の言葉《ことば》に、わたしはほっと息《いき》をついた。

「よかった……」

「――よくねえ」

廊下《ろうか》で御影君《みかげくん》が立《た》ち尽《つ》くし、硬《かた》い表情《ひょうじょう》で、自分《じぶん》の手《て》を見《み》つめながらうなるように言《い》った。

「ぜんぜんよくねえ……なんでだ？　どうして、リンと結《むす》ばれなかったんだ？」

零士君《れいじくん》が冷《ひ》ややかに答《こた》えた。

「おまえとリンには何《なに》かが欠《か》けているからだろう。悪魔《あくま》と魔女《まじょ》が互《たが》いを心《こころ》から信《しん》じ合《あ》い、魂《たましい》が結《むす》ばれなければ、魔女《まじょ》がウエディングドレスをまとうことはできない」

御影君《みかげくん》がわたしをじいっと見《み》て、言《い》った。

「リン……俺《おれ》を信《しん》じてないのか？」

「えっ!?」

思《おも》いもしないことを疑《うたが》われてびっくりした。

「そ、そそ、そんなことないよ！」

「本当《ほんとう》か？」

虎鉄君《こてつくん》が御影君《みかげくん》の頭《あたま》をはたいた。

「いって！　何《なに》すんだ虎鉄《こてつ》！」

「おまえがアホなことぬかすからだ。ホントどうしようもねえドアホだ！　バカ！　ガキ！」

ののしりながら、げしげしと御影君《みかげくん》に蹴《け》りを入《い》れる。

「だ、だってよ……！」

零士君《れいじくん》がわたしを背《せ》にかばうようにして、御影君《みかげくん》を鋭《するど》く見《み》すえた。

「虎鉄《こてつ》の言《い》うとおりだ。結《むす》ばれないことを、リンのせいにするなど愚《おろ》かしいにもほどがある。リンの心《こころ》は汚《けが》れなく澄《す》んでる。悪魔《あくま》を心《こころ》から信頼《しんらい》していることを、虎鉄《こてつ》と僕《ぼく》と結《むす》ばれることによって証《しょう》明《めい》している。いまさらおまえを疑《うたが》うなどありえないだろう」

「だったら、なんで!?」

「原因《げんいん》は――御影《みかげ》、おまえにあるのではないか？」

御影君《みかげくん》が眉《まゆ》をひそめた。

「俺《おれ》……？」

「おまえは、心《こころ》からリンを信《しん》じているのか？」

「つたり前《まえ》だろ！　信《しん》じてない相手《あいて》と結婚《けっこん》したいなんて思《おも》うかよ！」

「ではなぜ、リンに禁忌《きんき》の力《ちから》を使《つか》った？」

キンキの力《ちから》？

そう言《い》った零士君《れいじくん》の表情《ひょうじょう》は、いつになく厳《きび》しいものだった。

そしていつも笑《わら》ってる虎鉄君《こてつくん》にも笑《え》みはなく、険《けわ》しい目《め》で御影君《みかげくん》をにらみつける。

「ありゃあ、禁《きん》じ手《て》だろ。おまえ、わかってんのか？　あれをまともに受《う》けたら、リンの心《こころ》が壊《こわ》れちまう」

もうグールはいないのに、虎鉄君《こてつくん》と零士君《れいじくん》は悪魔《あくま》の姿《すがた》でわたしの左右《さゆう》に立《た》っていつでも魔力《まりょく》を放《はな》てる姿勢《しせい》をとっている。まるで敵《てき》を見《み》るように、御影君《みかげくん》を見《み》すえながら。

御影君《みかげくん》がいきりたって言《い》い返《かえ》した。

「使《つか》うつもりはなかった！　本当《ほんとう》だ！　俺《おれ》はリンを守《まも》りたいだけだ！」

「そのおまえが、リンにとりかえしのつかない傷《きず》を負《お》わせるところだった」

零士君《れいじくん》の厳《きび》しい言葉《ことば》に、御影君《みかげくん》は口《くち》をつぐんでうつむいた。

禁忌《きんき》の力《ちから》……禁《きん》じ手《て》……どういうこと？

聞《き》きたかったけど、3人《にん》の様子《ようす》が深刻《しんこく》でちょっと口《くち》を挟《はさ》める雰囲気《ふんいき》じゃない。

零士君《れいじくん》がさとすように御影君《みかげくん》に言《い》う。

「婚約者《こんやくしゃ》である僕《ぼく》らのすべきことは、リンの身《み》を守《まも》りながらリンの答《こた》えを待《ま》つことだ。リンの幸《しあわ》せを願《ねが》うなら、なおさら——」

「そんなのわかってる！」

「ではなぜ、リンと結《むす》ばれようとそんなに急《いそ》ぐ？」

御影君《みかげくん》は黙《だま》りこんだ。

御影君《みかげくん》を探《さぐ》るように見《み》ていた虎鉄君《こてつくん》が、口《くち》を開《ひら》いた。

「おまえ、俺《おれ》らやリンになんか隠《かく》してないか？　魂《たましい》の結《むす》びつきをさまたげるような重大《じゅうだい》なことを」

その瞬間《しゅんかん》、御影君《みかげくん》の肩《かた》がビクッとはねて、さっと顔色《かおいろ》が変《か》わった。

（え？）

御影君《みかげくん》は何《なに》かを言《い》い返《かえ》そうと口《くち》を開《ひら》き……でも、何《なに》も言《い》わずに口《くち》をつぐんだ。

「結《むす》ばれない原因《げんいん》は、それだ」

零士君《れいじくん》は断言《だんげん》して、鋭《するど》い表情《ひょうじょう》で御影君《みかげくん》に釘《くぎ》をさすように言《い》った。

「口《くち》づけは未遂《みすい》に終《お》わり、リンは無事《ぶじ》だった。今回《こんかい》は僕《ぼく》らの落《お》ち度《ど》でリンを危険《きけん》にさらしてしまったが、おまえのおかげで守《まも》ることができた。それらを考慮《こうりょ》して、今回《こんかい》は不問《ふもん》にするが——2度目《どめ》はない」

虎鉄君《こてつくん》も牙《きば》をむくように警告《けいこく》した。

「もしまたおまえがあの力《ちから》を使《つか》うつもりなら、もう一緒《いっしょ》にはやっていけねえ。リンを守《まも》るためにマジでおまえをぶっつぶす」

御影君《みかげくん》はうつむいたままだった。何《なに》も言《い》い返《かえ》さず、わたしや零士君《れいじくん》たちを見《み》ることもなく、ただ廊下《ろうか》に立《た》ち尽《つ》くしていた。


そのあとすぐに入江君《いりえくん》は目《め》を覚《さ》まして、自分《じぶん》の足《あし》で自分《じぶん》の教室《きょうしつ》へ戻《もど》った。行方不明《ゆくえふめい》になっていた間《あいだ》のことはまったく覚《おぼ》えていないみたいで、大騒《おおさわ》ぎする先生《せんせい》たちをきょとんとした顔《かお》で見《み》ていたけど、元気《げんき》みたいだ。それを見届《みとど》けて、わたしたちは今日《きょう》の星占《ほしうらな》い部《ぶ》の部活動《ぶかつどう》を終《お》えた。

最終下校時間《さいしゅうげこうじかん》のチャイムが響《ひび》く中《なか》、時計塔《とけいとう》の部室《ぶしつ》で虎鉄君《こてつくん》たちと別《わか》れて、わたしは御影君《みかげくん》と一緒《いっしょ》に螺旋階段《らせんかいだん》を降《お》りた。

出入《でい》り口《ぐち》の扉《とびら》を開《あ》けると、じめっとしたぬるい空気《くうき》が入《はい》ってきた。

「雨《あめ》、やまないね」

空《そら》から落《お》ちてくる雨《あめ》を見《み》ていると、御影君《みかげくん》がリボンのついたかわいい袋《ふくろ》をさし出《だ》してきた。

「ん」

赤《あか》いリボンで結《むす》ばれたハート柄《がら》のかわいいビニール袋《ぶくろ》に、手作《てづく》りクッキーがぎっしり入《はい》っていた。ハートの形《かたち》と、猫《ねこ》の形《かたち》をしたクッキー。猫《ねこ》のクッキーはココア味《あじ》かな、ちゃんと黒猫《くろねこ》になっている。

まだほんのりと温《あたた》かいクッキーに、わたしの心《こころ》もほっこり温《あたた》かくなった。

「ありがとう、御影君《みかげくん》。すごく、すごくうれしい」

受《う》けとったクッキーが割《わ》れないようにハンカチで包《つつ》み、鞄《かばん》の一番上《いちばんうえ》に入《い》れた。

夕方《ゆうがた》の空《そら》から雨《あめ》が降《ふ》っていて、少《すこ》し強《つよ》くなってきた。

わたしは傘《かさ》を開《ひら》いて歩《ある》きだした。

「クッキー、かわいくて食《た》べるのもったいないなぁ。でも、せっかく御影君《みかげくん》が作《つく》ってくれたんだから食《た》べないとだね。そうだ、晩《ばん》ごはんが終《お》わったら、御影君《みかげくん》も一緒《いっしょ》にクッキー食《た》べようよ。ね？」

返事《へんじ》がなかった。

てっきり一緒《いっしょ》に歩《ある》いているとばかり思《おも》っていた御影君《みかげくん》がそばにいない。

ふり向《む》くと、時計塔《とけいとう》の入《い》り口《ぐち》で御影君《みかげくん》はうつむき、手《て》に持《も》っている傘《かさ》を下《お》ろしたまま立《た》っていた。

「御影君《みかげくん》？　どうしたの？」

「リン……俺《おれ》はそばにいていいのか？」

雨音《あまおと》にかき消《け》されそうな小《ちい》さな声《こえ》だった。黒《くろ》い前髪《まえがみ》がかかってその表情《ひょうじょう》はわからない。

傘《かさ》を開《ひら》かず、わたしの方《ほう》へ来《こ》ようとしないその姿《すがた》に、大《おお》きな不安《ふあん》を感《かん》じた。

「御影君《みかげくん》がそばにいてくれないと困《こま》るよ。グールはいつ来《く》るかわからないんだし……すごく、すごく困《こま》るよ」

御影君《みかげくん》はわたしを助《たす》けに来《き》てくれたし、わたしのためにクッキーまで作《つく》ってくれた。いろいろあったけど、御影君《みかげくん》への感謝《かんしゃ》の気持《きも》ちに変《か》わりはない。それを伝《つた》えたくて――御影君《みかげくん》に元気《げんき》になってもらいたくて言《い》ったんだけど、御影君《みかげくん》はかすかに笑《わら》っただけだった。

「そうだな」

降《ふ》りつづける雨《あめ》の中《なか》を、わたしたちはそれぞれ傘《かさ》をさし、並《なら》んで家《いえ》へと帰《かえ》る。いつもは恥《は》ずかしくなるくらいこっちを見《み》てくるのに、御影君《みかげくん》はわたしと目《め》を合《あ》わせようとしない。

(御影君《みかげくん》……隠《かく》してることがあるの?)

それも、結《むす》ばれるのをさまたげるような重大《じゅうだい》なこと。

(いったいなんだろう?)

空《そら》にはどんよりとした雨雲《あまぐも》がたちこめている。

きらめく星《ほし》はひとつも見《み》えなかった。

第《だい》2話《わ》

禁忌《きんき》の悪魔《あくま》

1

その日《ひ》は朝《あさ》から雨《あめ》だった。

いつものようにテーマ音楽《おんがく》が始《はじ》まって、占星術師《せんせいじゅつし》のミス＝セレナがテレビ画面《がめん》に現《あらわ》れた。

「星《ほし》はキラメキ、恋《こい》はトキメキ、運命《うんめい》の占《うらな》い師《し》ミス＝セレナ！　あなたの運勢《うんせい》、今日《きょう》もズバンと占《うらな》っちゃうわよん！」

紫《むらさき》のベールをかぶって踊《おど》り子《こ》のように舞《ま》い踊《おど》り、ブレスレットやネックレスをシャランと鳴《な》らして、テレビカメラに向《む》かって華麗《かれい》にポーズを決《き》める。

「さっそく行《い》くわよんっ。今日《きょう》のラッキー星座《せいざ》、第《だい》1位《い》は……！」

ラッキー星座《せいざ》やアンラッキー星座《せいざ》の順位《じゅんい》を発表《はっぴょう》して各星座《かくせいざ》の注意点《ちゅういてん》などを言《い》いながら、セレナさんは踊《おど》ったり、ポーズをとったり、激《はげ》しく動《うご》く。

(この踊《おど》りやポーズも、星占《ほしうらな》いに関係《かんけい》あるのかな?)

ふりつけやポーズはよく変《か》わるし、何《なに》か神秘的《しんぴてき》な意味《いみ》があるような気《き》がする。ちょっとポーズを真似《まね》してみるものの……う〜ん、やっぱりよくわからない。

「12星座《せいざ》の運勢《うんせい》はいろいろだけど、さっきお天気《てんき》お姉《ねえ》さんが言《い》ってたとおり、今日《きょう》は一日雨《いちにちあめ》! 午後《ご》からザーザーザー降《ぶ》り! だからみ〜んな、おうちで過《す》ごすのがベストよん! 以上《いじょう》!」

最後《さいご》にポーズを決《き》めて、セレナさんがテレビ画面《がめん》から消《き》えた。

わたしはテレビのスイッチを消《け》して、立《た》ち上《あ》がった。

(会《あ》えるといいな、セレナさんに)

御影君《みかげくん》に握《にぎ》ったおにぎりを持《も》って、わたしは2階《かい》の自分《じぶん》の部屋《へや》へ向《む》かった。

「御影君《みかげくん》、入《はい》るよ」

部屋《へや》のドアを軽《かる》くノックして呼《よ》びかけたけど、返事《へんじ》が返《かえ》ってこない。

そっと扉《とびら》を開《あ》けると、そこにいるはずの御影君《みかげくん》の姿《すがた》がなかった。

「……御影君《みかげくん》?」

もう一度《いちど》呼びかけると、ニャアと弱々《よわよわ》しい声《こえ》が聞《き》こえた。猫《ねこ》ベッドの中《なか》で、黒猫《くろねこ》が丸《まる》まったまま動《うご》かない。わたしはあわてて駆《か》け寄《よ》った。

「御影君《みかげくん》？　どうしたの？」

黒猫《くろねこ》がうっすら目《め》を開《あ》けて、身体《からだ》を横《よこ》たえたまま息《いき》を吐《は》くように答《こた》えた。

「……………しんどい」

「大丈夫《だいじょうぶ》？　熱《ねつ》があるの？　風邪《かぜ》引《ひ》いたの？」

「いや……雨《あめ》のせいだ」

「雨《あめ》？」

「少《すこ》しの雨《あめ》なら耐《た》えられるんだけど……雨《あめ》がつづくと、調子《ちょうし》が悪《わる》くなる……魔力《まりょく》の火《ひ》のつきも悪《わる》くなる……雨《あめ》は苦手《にがて》だ」

そういえば、猫《ねこ》は濡《ぬ》れるのを嫌《いや》がる。御影君《みかげくん》も同《おな》じみたいだ。

「どうして言《い》ってくれなかったの？　言《い》ってくれれば――」

言《い》いかけて、わたしは言葉《ことば》を飲《の》みこんだ。言《い》ってくれたとしても、わたしに雨《あめ》をやませることなんてできないし、梅雨《つゆ》をなくせるわけでもない。御影君《みかげくん》はつらいこの季節《きせつ》をただ耐《た》えるしかないんだ。

「……リンに心配《しんぱい》かけたくなかったから」

力《ちから》なく笑《わら》う黒猫《くろねこ》に、胸《むね》がきゅっとなる。一緒《いっしょ》に住《す》んでいるのに、ちっとも気《き》がつかなかった……気《き》づかれないようにずっと無理《むり》をしていたんだ。

「おにぎり作《つく》ったんだけど、食《た》べられる？」

「……ごめん、食欲《しょくよく》ない」

こんなことは初《はじ》めてだった。いつもわたしの作《つく》ったごはんやおやつや紅茶《こうちゃ》を、まっさきに喜《よろこ》んで食《た》べたり飲《の》んだりしてくれるのに。ますます心配《しんぱい》になってきた。

わたしは両手《りょうて》で黒猫《くろねこ》を持《も》ち上《あ》げて、胸《むね》に抱《だ》いた。

「⁉　リ、リン……？」

「じっとしてて」

わたしはベッドに腰掛《こしか》け、黒猫《くろねこ》をそっと横《よこ》たえて膝《ひざ》の上《うえ》にのせた。そして黒猫《くろねこ》の身体《からだ》をなでながらある言葉《ことば》を唱《とな》えた。

「キャロリーナ・キャロライナ……キャロリーナ・キャロライナ……」

「……それは？」

「元気《げんき》になるおまじないだよ。子供《こども》の頃《ころ》ね、わたしが熱出《ねつだ》して寝《ね》こんだとき、お母《かあ》さんがこうしてくれたの」

お母《かあ》さんの手《て》のぬくもり、おまじないを唱《とな》える優《やさ》しい声《こえ》……それらがいまも記憶《きおく》に残《のこ》っている。夜《よる》に高熱《こうねつ》が出《で》てどれだけ苦《くる》しくても、このおまじないのおかげですうっと楽《らく》になって、翌朝《よくあさ》はすっかり元気《げんき》になった。

「キャロリーナ・キャロライナ……キャロリーナ・キャロライナ……」

元気《げんき》になれ、元気《げんき》になれ、そう念《ねん》じながら黒猫《くろねこ》の身体《からだ》をなでる。

黒猫《くろねこ》はわたしの膝《ひざ》に身体《からだ》をあずけ、気持《きも》ち良《よ》さそうにゴロゴロ喉《のど》を鳴《な》らす。

しばらくそうしていると、ふいに黒猫《くろねこ》が問《と》いかけてきた。

「リンは、カルラといたかった？」

「え？」

「カルラがいなくて淋《さび》しい……？」

黒猫《くろねこ》の赤《あか》い目《め》は真剣《しんけん》だった。

わたしは黒猫《くろねこ》の身体《からだ》をなでながら、思《おも》っていることを正直《しょうじき》に話《はな》した。

「そうだね……お母《かあ》さんがいてくれたらなぁって思《おも》うことはあるよ。母《はは》の日《ひ》とか、お母《かあ》さんと一緒《いっしょ》にいる子《こ》たちを見《み》ると、ちょっと淋《さび》しくなることはある……でも、いまはお父《とう》さんや御影君《みかげくん》たちがいてくれるから」

黒猫《くろねこ》は耳《みみ》を立《た》てて聞《き》き、「そっか」とつぶやくと、身体《からだ》を起《お》こして御影君《みかげくん》の姿《すがた》になった。でもすぐにふら〜っとよろけてしまい、わたしはあわてて御影君《みかげくん》の身体《からだ》を抱《だ》きとめた。

「御影君《みかげくん》!?　大丈夫《だいじょうぶ》!?」

「……まだ、ちょっとふらつく」

おまじないだけじゃダメみたいだ。でも、お医者《いしゃ》さんに連《つ》れていくわけにもいかないし……弱《よわ》った悪魔《あくま》を元気《げんき》にするには、どうすればいいんだろう。

「御影君《みかげくん》、何《なに》かしてほしいことある？」

できることはないか知《し》りたくて問《と》いかけると、御影君《みかげくん》は熱《ねっ》ぽい顔《かお》でわたしを見《み》て言《い》った。

「……――キス」

「え？」

「リンがキスしてくれたら、元気《げんき》になる」

予想《よそう》もしていなかった答《こた》えが返《かえ》ってきて、わたしはドキッとした。

魔女《まじょ》がキスすると悪魔《あくま》は元気《げんき》になれるのかな？　手《て》をつなぐと魔力《まりょく》を高《たか》められるわけだし、たぶんそういうことだろう。

(キ、キス……わ、わたしから、御影君《みかげくん》に……?)

御影君《みかげくん》からは何度《なんど》もされたことがあるけど、わたしからは初《はじ》めてだ。

想像《そうぞう》するだけで恥《は》ずかしくて、ダッシュで逃《に》げ出《だ》したくなる。

(でも……御影君《みかげくん》に早《はや》く元気《げんき》になってもらいたい)

弱《よわ》っている御影君《みかげくん》を見《み》ているのはつらい。わたしにできることがあるのなら……それで御影君《みかげくん》が元気《げんき》になるのなら、してあげたい。わたしは意《い》を決《けっ》して、声《こえ》をうわずらせながら言《い》った。

「キ、キス……どこにすればいいの?」

「どこでも。リンの好《す》きなところに」

とたんにカ~ッと顔《かお》が熱《あつ》くなる。す、好《す》きなところなんて……そんなの選《えら》べないよ。

でもキスしないと御影君《みかげくん》が元気《げんき》にならないし。

わたしは目《め》を泳《およ》がせながら考《かんが》えて、一番問題《いちばんもんだい》がなさそうだと思《おも》ったところを提案《ていあん》した。

「じゃ、じゃあ……あの……——ほっぺ、でいい?」

「ああ」

ちらっと目《め》をあげると、御影君《みかげくん》が頬《ほお》をほんのり赤《あか》くしながらわたしを見《み》ている。

わたしはあわてて目《め》をそらした。

「み、見《み》られてると……しづらい、です……」

「じゃあ、目《め》つむってる」

わたしはそっと目線《めせん》をあげて、目《め》を閉《と》じている御影君《みかげくん》の頬《ほお》に顔《かお》を寄《よ》せた。

うぅ……ものすごく緊張《きんちょう》する……ドキドキする……心臓《しんぞう》が口《くち》からとび出《で》そうだ。

(ほ、ほっぺに軽《かる》くするだけだから……一瞬《いっしゅん》だけだから……!)

自分《じぶん》に言《い》い聞《き》かせて、御影君《みかげくん》の頬《ほお》にキスしようとした、そのときだった。

「何《なに》してんだ、コラァァ――――ッ!!」

半分開《はんぶんあ》いていた窓《まど》がバーンと全開《ぜんかい》になり、怒鳴《どな》り声《ごえ》とともに吹《ふ》きこんできた鋭《するど》い風《かぜ》を、御影君《みかげくん》はとびのいてかわす。

虎鉄君《こてつくん》がガッと窓枠《まどわく》に足《あし》をかけ、御影君《みかげくん》をにらんだ。

「御影《みかげ》、てめぇ……何《なに》が『リンがキスしてくれたら、元気《げんき》になる』だ! 魔力《まりょく》はとっくに回復《かいふく》してるくせに、弱《よわ》ったふりしやがって!」

え? ふり?

御影君《みかげくん》はキッとなって、虎鉄君《こてつくん》に言《い》い返《かえ》す。

「嘘《うそ》じゃないっ! リンにキスされたら、俺《おれ》はもっともっと、ものすご~く元気《げんき》になる!」

「そんなの俺《おれ》だって元気《げんき》になるわっ！　っつーか、ツッコんでんのはそこじゃねえっ！」

びゅおおお……！　吹雪《ふぶき》が部屋《へや》に吹《ふ》き荒《あ》れて、冷凍庫《れいとうこ》の中《なか》みたいな寒《さむ》さになる。

零士君《れいじくん》が窓《まど》からゆらりと部屋《へや》に入《はい》ってきて、刃《やいば》のような鋭《するど》い瞳《ひとみ》で御影君《みかげくん》を見《み》すえた。

「御影《みかげ》、貴様《きさま》……リンの優《やさ》しさにつけこんで口《くち》づけを要求《ようきゅう》するとは、言語道断《ごんごどうだん》の悪行《あくぎょう》！」

「しょーがねぇだろ！　リンに抱《だ》っこされて優《やさ》しくなでなでされて、『御影君《みかげくん》、何《なに》かしてほしいことある？』って言《い》われたんだぞ？　そりゃ当然《とうぜん》、キスって答《こた》えるだろ！　おまえだって絶対《ぜったい》そう言《い》うはずだ！」

「僕《ぼく》はそんな卑劣《ひれつ》な真似《まね》はしない！」

「嘘《うそ》だねっ！　じゃあよ、リンに『キス……どこにすればいいの？』って言《い》われて、おまえ断《ことわ》れるのかよ!?」

「うっ、それは」

「ほらみろ！　俺《おれ》は正直《しょうじき》に答《こた》えただけだ！　キスしてほしいからそう言《い》ったんだ！　もう少《すこ》しでしてくれそうだったのに邪魔《じゃま》しやがってっ！」

「邪魔《じゃま》するに決《き》まってんだろーが！　子猫《こねこ》だと思《おも》って大目《おおめ》に見《み》てりゃあ、つけあがりやがって！」

「ほっぺにチューくらい、いいじゃねーか！　俺《おれ》はリンの彼氏《かれし》なんだぞ！」

「貴様《きさま》はリンの彼氏役《かれしやく》であって、断《だん》じて彼氏《かれし》ではない！」

「てめえ、いっぺん痛《いた》い目《め》に遭《あ》わないとわかんねえようだな！」

「はっ、やれるもんならやってみやがれ！」

ドカーン！　３人《にん》が一斉《いっせい》に魔力《まりょく》を放《はな》ち、それぞれが直撃《ちょくげき》を受《う》けて、一撃《いちげき》で3人《にん》とも猫《ねこ》になった。

そしてそのままとっくみ合《あ》いの喧嘩《けんか》が始《はじ》まった。

フー！　シャー！　フギャー！

すごい声《こえ》をあげながら、３匹《びき》の猫《ねこ》が部屋《へや》を走《はし》り回《まわ》って乱闘《らんとう》になる。

「や、やめて～！」

オロオロしていると、人形《にんぎょう》の蘭《らん》ちゃんが窓《まど》からよいしょと入《はい》ってきた。

「おはよう、リン」

「あ、蘭《らん》ちゃん、おはよ。わあ、今日《きょう》のファッションもかわいい～！」

水玉模様《みずたまもよう》のワンピースに、赤《あか》いブーツをはいて赤《あか》い傘《かさ》を持《も》っている。

蘭《らん》ちゃんがにっこり笑《わら》いながらモデルみたいなポーズをとった。

「でしょ？　今日《きょう》のファッションテーマは『雨《あめ》の日《ひ》のおでかけ』。雨《あめ》の日《ひ》はおでかけが憂《ゆう》うつになっちゃうけど、だからこそオシャレをして気分《きぶん》を上《あ》げなきゃねっ」

「へえ、テーマまで考《かんが》えてコーディネートするなんて、すご〜い」

「オシャレはわたしの生《い》きがい――もとい、死《し》にがいだから！　それよりあれ、ほっといていいの？」

わたしはハッと我《われ》に返《かえ》った。３匹《びき》の猫《ねこ》による喧嘩《けんか》は収《おさ》まることなく、ますますヒートアップして、あたりに猫《ねこ》の毛《け》がとび散《ち》っている。

蘭《らん》ちゃんがやれやれと肩《かた》をすくめた。

「まったく、朝《あさ》っぱらから迷惑《めいわく》なニャンコたちね」

「止《と》めないと！」

でも動《うご》き回《まわ》る猫《ねこ》のスピードが速《はや》すぎて、止《と》めに入《はい》るタイミングがつかめない。

「ど、どうしよう〜、蘭《らん》ちゃん、どうすればいいと思《おも》う!?」

「水《みず》でもぶっかければ？」

「えっ!?　そんなことできないよ！」

３匹《びき》がバッととびのいて距離《きょり》をおき、一瞬《いっしゅん》、みんなの動《うご》きが止《と》まった。

わたしはにらみ合《あ》う３匹《びき》の中《なか》にとびこんだ。

「はい、そこまで！　みんな、おちついて！　喧嘩《けんか》はダメ！　きれいな毛並《けな》みがボサボサだよ〜！」

3匹《びき》の猫《ねこ》が、同時《どうじ》に手《て》をにょきっと出《だ》してきた。

「「「リン、手《て》を！」」」

3つ並《なら》んだ猫《ねこ》の手《て》にきゅんと胸《むね》が鳴《な》った。

か、かわいい……肉球《にくきゅう》さわりたい……ぷにぷにしたい！

わたしはふら〜っと引《ひ》き寄《よ》せられそうになるのをこらえ、両手《りょうて》をバンザイして握手《あくしゅ》を拒否《きょひ》した。

「ぷにぷにしたいけど、ダメー！　喧嘩《けんか》に魔法《まほう》を使《つか》うのは禁止《きんし》でーす！」

ふたたび3匹《びき》が毛《け》を逆立《さかだ》てながらにらみ合《あ》っている。第《だい》2ラウンドが始《はじ》まりそうになったとき、突然《とつぜん》、ドアが勢《いきお》いよく開《あ》いてお父《とう》さんが部屋《へや》に駆《か》けこんできた。

「リン、何事《なにごと》だーっ⁉」

「お、お父《とう》さん！」

お父《とう》さんがぎょっとした顔《かお》で叫《さけ》んだ。

「なっ……猫《ねこ》が増《ふ》えてるっ‼　3匹《びき》になってる！　いつのまに増《ふ》えたんだ⁉」

うわわっ、マズイ！　わたしは心《こころ》の中《なか》であせりまくりながら、笑顔《えがお》を装《よそお》って言《い》う。

「あ、えっと、この子《こ》たちはクロちゃんのお友達《ともだち》なの。こっちの虎模様《とらもよう》の子《こ》はトラちゃんで、白《しろ》い子《こ》はシロちゃんです」

とっさに猫《ねこ》に名前《なまえ》をつけてそれらしいことを言《い》ってみたけど、お父《とう》さんは疑《うたが》いの目《め》でじいっと3匹《びき》を見《み》ている。

「友達《ともだち》……ねえ」

3匹《びき》はお互《たが》いに牙《きば》をむいて、シャー！　と威嚇《いかく》し合《あ》っている。

ううっ、お願《ねが》いだから、それらしくして～！

「今日《きょう》はちょっとみんなごきげんななめだけど、ふだんは仲良《なかよ》しなんだよ。それにシロちゃんも、トラちゃんも、たまたま遊《あそ》びに来《き》ただけだから」

「たまたま……ねえ」

お父《とう》さんはあごに手《て》を当《あ》て、3匹《びき》の猫《ねこ》をまだ見《み》ている。その目《め》が、難事件《なんじけん》について考《かんが》える刑事《けいじ》の目《め》になっている。

うっ、怪《あや》しまれてる。早《はや》く退散《たいさん》しなければ。

「えっと、あの、支度《したく》しないといけないから！　はい、みんな、外《そと》へ出《で》てねっ」

わたしは猫《ねこ》3匹《びき》と人形《にんぎょう》を窓《まど》の方《ほう》へ押《お》していき、「公園《こうえん》で待《ま》ってて」とそっと耳打《みみう》ちして、雨《あめ》に濡《ぬ》れないようにベランダへ出《だ》す。

そしてお父《とう》さんも部屋《へや》から追《お》い出《だ》して、急《いそ》いで身支度《みじたく》を始《はじ》めた。

家《いえ》の近《ちか》くにある小《ちい》さな公園《こうえん》、そこの屋根《やね》のある場所《ばしょ》で、私服《しふく》の3悪魔《あくま》が待《ま》っていた。

3人《にん》の私服姿《しふくすがた》、なんだか新鮮《しんせん》だ。御影君《みかげくん》の部屋着姿《へやぎすがた》はよく見《み》てるけど、お出《で》かけ服《ふく》は初《はじ》めて。それぞれ赤《あか》、黄《き》、青《あお》の色《いろ》をアクセントにしていて、とてもよく似合《にあ》ってる。

「おまたせ。ごめんね、みんな付《つ》き合《あ》ってもらっちゃって」

いや、と零士君《れいじくん》が言《い》う。

「『ミス＝セレナに会《あ》って、星占《ほしうらな》いを教《おそ》わりたい』——星占《ほしうらな》い部《ぶ》の部長《ぶちょう》として学《まな》びたいと望《のぞ》む、君《きみ》のその姿勢《しせい》は感心《かんしん》すべきもの。そして、その望《のぞ》みを叶《かな》えるために僕《ぼく》たちが付《つ》き合《あ》うのは当然《とうぜん》だ」

星占《ほしうらな》いのやり方《かた》をちゃんと知《し》りたくて、できるなら尊敬《そんけい》する占星術師《せんせいじゅつし》に教《おそ》わりたかった。セレナさんのことを調《しら》べてみたけど、経歴《けいれき》も住所《じゅうしょ》もわからず、手《て》がかりは朝《あさ》の情報番組《じょうほうばんぐみ》の占《うらな》いコーナーに出演《しゅつえん》しているっていうことだけ。みんなにそのことを話《はな》したら、まずはテレビ局《きょく》へ行《い》ってみようということになった。

「ありがとう」

感謝《かんしゃ》の気持《きも》ちをこめて微笑《ほほえ》むと、3人《にん》はいきなり拳《こぶし》をふり上《あ》げた。

「「「最初《さいしょ》はグー！　ジャンケンポン！」」」

御影君《みかげくん》がグーを握《にぎ》りしめて、「っしゃ!」とガッツポーズをした。

虎鉄君《こてつくん》と零士君《れいじくん》は険《けわ》しい表情《ひょうじょう》でチョキをわなわなさせる。

「くっ……最近《さいきん》おいしいとこばっか持《も》ってくな、あいつ」

「ジャンケンの攻略法《こうりゃくほう》を編《あ》み出《だ》さなければ……!」

どうしてジャンケン? 首《くび》をかしげていると、レインコートを着《き》た人形《にんぎょう》の蘭《らん》ちゃんがベンチの上《うえ》で傘《かさ》をふりふり、説明《せつめい》してくれた。

「どうせまた、リンの隣《となり》を歩《ある》くのは誰《だれ》かで、もめるに決《き》まってるから、魔法《まほう》は禁止《きんし》のジャンケンで決《き》めるってことにしたの。いちいち喧嘩《けんか》してたら、予定《よてい》がスムーズに進《すす》まないから。いいわよね?」

「あ、うん」

「じゃ、到着《とうちゃく》したら起《お》こしてね。おやすみ~」

蘭《らん》ちゃんはわたしの鞄《かばん》の中《なか》にぴょんと入《はい》って、こてんと横《よこ》たわり、動《うご》かない人形《にんぎょう》と化《か》した。あまり長《なが》い時間《じかん》、人形《にんぎょう》にとり憑《つ》いていると負担《ふたん》になるから、こうやって休《やす》めるときに休《やす》んでいる。

御影君《みかげくん》が傘《かさ》をさして、わたしの隣《となり》に来《き》た。

「リン、行《い》こう」

「御影君《みかげくん》……雨《あめ》、大丈夫《だいじょうぶ》?」

朝《あさ》から雨《あめ》は降《ふ》りつづいていてやむ気配《けはい》がなく、傘《かさ》をさしていてもじっとり濡《ぬ》れてしまうような降《ふ》り方《かた》をしている。雨《あめ》が苦手《にがて》なのにこんな日《ひ》に外出《がいしゅつ》したら、また体調《たいちょう》が悪《わる》くなっちゃうよ。

「無理《むり》しないで。今日《きょう》は家《いえ》にいた方《ほう》がいいんじゃない？」

「……リンのそばにいたいんだ。そばにいないと守《まも》れないし、力《ちから》になれない。どんなことでも、リンの望《のぞ》みを叶《かな》えるのは俺《おれ》でありたい」

わたしは唇《くちびる》をかむようにして口《くち》をつぐんだ。じわりと目《め》が潤《うる》んで、口《くち》を開《ひら》いたら泣《な》いてしまいそうだった。御影君《みかげくん》の優《やさ》しさがしみて胸《むね》が震《ふる》える。

（やっぱり、やめよう）

あれからずっと悩《なや》んでた。禁忌《きんき》の力《ちから》のこととか、結《むす》ばれるのをさまたげている重大《じゅうだい》な隠《かく》し事《ごと》とか……御影君《みかげくん》に聞《き》くべきかどうか。

でも、御影君《みかげくん》はすごくわたしを大切《たいせつ》にしてくれている。隠《かく》し事《ごと》は気《き》になるけど、これ以上《いじょう》、何《なに》かを望《のぞ》むなんて……御影君《みかげくん》が話《はな》したくないことを問《と》いつめるなんて、できない。

（話《はな》したくないことくらい、誰《だれ》だってあるし）

雨《あめ》の中《なか》を御影君《みかげくん》と歩《ある》きながら、一緒《いっしょ》にいる時間《じかん》を壊《こわ》したくなくて、わたしは重大《じゅうだい》な問題《もんだい》から目《め》をそらした。

2

広大《こうだい》な星ヶ丘町《ほしがおかちょう》には、鳴星学園《めいせいがくえん》がある自然豊《しぜんゆた》かな丘《おか》もあれば、高層《こうそう》ビルが並《なら》ぶ大《おお》きな繁華街《はんかがい》もある。高層《こうそう》ビル群《ぐん》の中《なか》でもっとも高《たか》いビルが、わたしたちの目的地《もくてきち》だ。

星ヶ丘《ほしがおか》の町《まち》の名前《なまえ》からスターヒルズと名付《なづ》けられたその高層《こうそう》ビルは、テレビ局《きょく》をはじめ、収録《しゅうろく》や撮影《さつえい》をするスタジオ、映画館《えいがかん》にファッションやメイクのお店《みせ》、レストランやカフェなどが入《はい》った総合《そうごう》メディアビルだ。

わたしたちはテレビ局《きょく》の受付《うけつけ》ロビーへ行《い》き、受付《うけつけ》の女性《じょせい》にセレナさんに会《あ》いたいということを言《い》ってみた。けど、とりあってもらえなかった。

「申《もう》し訳《わけ》ありませんが、面会《めんかい》の約束《やくそく》がある方《かた》、もしくは関係者《かんけいしゃ》の方以外《かたいがい》は入《はい》れません」

零士君《れいじくん》が交渉《こうしょう》してくれたけど、いきなり来《き》てテレビに出《で》ている人《ひと》と会《あ》うのはやっぱり難《むずか》しいみたい。

とりあえず外《そと》へ出《で》て、車《くるま》のロータリーの屋根《やね》のあるところで雨《あめ》をしのぎながら待《ま》つことにした。

でも、そうそうタイミングよくセレナさんが出《で》てくるはずもない。

「魔法《まほう》でさっさと侵入《しんにゅう》しちまおうぜ」

虎鉄君《こてつくん》の提案《ていあん》に、零士君《れいじくん》が待《ま》ったをかけた。

「テレビ局《きょく》という場所《ばしょ》は、警備《けいび》がきわめて厳重《げんじゅう》で防犯《ぼうはん》カメラがいたるところに設置《せっち》されている。魔《ま》法《ほう》を使《つか》えば侵入《しんにゅう》するのもカメラを壊《こわ》すのも簡単《かんたん》だが、異変《いへん》が起《お》これば騒《さわ》ぎとなり、より警備《けいび》が厳重《げんじゅう》になることは必至《ひっし》。力《ちから》ずくで入《はい》るのは得策《とくさく》ではない」

どうしようかと悩《なや》んでいたとき、ヴオン！　と車《くるま》のエンジン音《おん》がした。

ピカピカな黒《くろ》い車《くるま》がロータリーに入《はい》ってきて、テレビ局《きょく》の入《い》り口《ぐち》で停車《ていしゃ》する。あの車《くるま》、ベンツだっけ？　偉《えら》い人《ひと》やお金持《かねも》ちが乗《の》る高級車《こうきゅうしゃ》だ。運転席《うんてんせき》から黒《くろ》スーツの男《おとこ》の人《ひと》が出《で》てきて、後部座席《こうぶざせき》のドアを開《あ》ける。

そこから降《お》りてきた黒髪《くろかみ》の美女《びじょ》が、わたしに笑顔《えがお》で話《はな》しかけてきた。

「こんなところで会《あ》うなんて奇遇《きぐう》ね。天ヶ瀬《あまがせ》リンさん」

「あっ、会長《かいちょう》さん！」

鳴星学園《めいせいがくえん》の生徒会長《せいとかいちょう》、神無月綺羅《かんなづききら》さんだった。星占《ほしうらな》い部《ぶ》を作《つく》るときに一度《いちど》会《あ》ったことがある。

「会長《かいちょう》さん、どうしてここに？」

「仕事《しごと》よ。今日《きょう》はここでCM《シーエム》の撮影《さつえい》があるの」

「えっ、撮影《さつえい》って……会長《かいちょう》さんは、芸能人《げいのうじん》なんですか!?」

会長《かいちょう》さんはくすりと笑《わら》った。

「これでも一応《いちおう》、ね。もともとはファッション雑誌《ざっし》の読者《どくしゃ》モデルだったんだけど、最近《さいきん》はいろいろなお仕事《しごと》をさせていただいているの」

読者《どくしゃ》モデルからＣＭ《シーエム》に出《で》るまでになるなんて、すごい。こういう業界《ぎょうかい》のことってよくわからないけど、人気《にんき》や才能《さいのう》がないとそうはならないよね。

わたしは尊敬《そんけい》のまなざしで会長《かいちょう》さんを見《み》つめた。

「会長《かいちょう》さんって、すごい人《ひと》だなぁって思《おも》ってましたけど……本当《ほんとう》にすごいんですね」

「その会長《かいちょう》さんって、やめない？　学園《がくえん》の外《そと》でそう呼《よ》ばれるのはちょっと」

「あ……す、すみません。じゃあ……神無月先輩《かんなづきせんぱい》」

「綺羅《きら》と呼《よ》んでちょうだい。わたくしもリンと呼《よ》ばせてもらうわ。お友達《ともだち》なんだから」

「えっ？　と、友達《ともだち》だなんて……！」

「一緒《いっしょ》に紅茶《こうちゃ》を飲《の》んだ、お茶友達《ちゃともだち》。そうでしょう？」

綺羅《きら》さんの優《やさ》しい微笑《ほほえ》みに心《こころ》がふわ〜と浮《う》き立《た》つ。こんなステキな人《ひと》と友達《ともだち》だなんてちょっと恐《おそ》れ多《おお》いけど、でもお近《ちか》づきになれてうれしい。

「それで、リンさんはどうしてここにいるの？」

「あ、実《じつ》は、会《あ》いたい人《ひと》がいまして……会《あ》う約束《やくそく》もしてなくて、会《あ》ったこともなくて、わたしがいつもテレビで見《み》ているだけなんですけど……でも、なんとか会《あ》いたくて」

しどろもどろに事情《じじょう》を話《はな》すと、綺羅《きら》さんが興味深《きょうみぶか》そうに問《と》いかけてきた。

「へえ……あなたがそうまでして会《あ》いたい人《ひと》って、どなたなの？」

「占星術師《せんせいじゅつし》のミス＝セレナです」

あぁ、と綺羅《きら》さんは納得《なっとく》したようにうなずいて、

「星占《ほしうらな》い部《ぶ》の部活動《ぶかつどう》ということね。だから、彼《かれ》らも一緒《いっしょ》なのね」

と、御影君《みかげくん》たち３人《にん》をちらりと見《み》た。

「でもちょっと会《あ》えそうになくて……」

「わたくしが取《と》り次《つ》いであげましょうか？」

「えっ？」

「ミス＝セレナが出演《しゅつえん》している番組《ばんぐみ》のプロデューサーと知《し》り合《あ》いなの。彼女《かのじょ》に会《あ》えるように、とりはからってあげるわ」

目《め》の前《まえ》がぱあっと開《ひら》けて、わたしは思《おも》わず声《こえ》をあげた。

「本当《ほんとう》ですか⁉　いいんですか⁉」

「おやすいご用《よう》よ」

綺羅《きら》さんはあでやかに微笑《ほほえ》み、つき従《したが》っている黒《くろ》いスーツの男《おとこ》の人《ひと》に言《い》った。

「群雲《むらくも》、プロデューサーに連絡《れんらく》を」

「かしこまりました」

黒《くろ》スーツの人《ひと》は流《なが》れるような動作《どうさ》で綺羅《きら》さんに頭《あたま》を下《さ》げた。背《せ》が高《たか》くて、肩幅《かたはば》が広《ひろ》くて、スーツとネクタイがよく似合《にあ》っている。サングラスをかけているから目元《めもと》は見《み》えないけど、整《ととの》っている顔《かお》立《だ》ちからかっこいい男《おとこ》の人《ひと》だというのがわかる。御影君《みかげくん》たちとはタイプの違《ちが》う、大人《おとな》のイケメンさんだ。

まじまじとその人《ひと》を見《み》ていると、綺羅《きら》さんが紹介《しょうかい》してくれた。

「これは群雲《むらくも》。わたくしのボディガード兼《けん》、運転手兼《うんてんしゅけん》、マネージャーよ」

ひとりで3役《やく》をこなすなんてすごい。わたしはぺこりと頭《あたま》を下《さ》げた。

「群雲《むらくも》さん、お手数《てすう》をおかけしますが、よろしくお願《ねが》いします」

群雲《むらくも》さんはサングラス越《ご》しにわたしを見《み》て、

「連絡《れんらく》をとるのに少々時間《しょうしょうじかん》を要《よう》するかもしれません。お待《ま》ちいただけますか」

「あ、はい。もちろんです。ここで待《ま》ってますので」

すると綺羅《きら》さんがにっこり笑《わら》いながら誘《さそ》ってくれた。

「それなら待《ま》っている間《あいだ》、わたくしの仕事《しごと》を見《み》にこない？」

「えっ、いいんですか!?」

「大歓迎《だいかんげい》よ」

綺羅《きら》さんがどんなふうにお仕事《しごと》をしているのか、ぜひ見《み》てみたい。

「見《み》に行《い》っていいかな？」

御影君《みかげくん》たちに聞《き》くと、３人《にん》はそろってうなずき、零士君《れいじくん》が言《い》った。

「君《きみ》が行《い》きたいと望《のぞ》むのなら、どこへでも」

わたしたちは綺羅《きら》さんに連《つ》れられて、テレビ局《きょく》へ入《はい》ることができた。

3

初《はじ》めて目《め》にする芸能界《げいのうかい》は、想像以上《そうぞういじょう》にキラキラ輝《かがや》いていた。

まばゆいスポットライトに照《て》らされて、大勢《おおぜい》のスタッフさんに囲《かこ》まれて、パープルのドレスを着《き》た綺羅さんがカメラに向かって微笑む。大きな扇風機で送られる風に長い黒髪をなびかせて、撮影《さつえい》セットの白《しろ》い階段《かいだん》でステキな笑顔《えがお》とポーズをとっていくその姿《すがた》は、まるで女神《めがみ》かプリンセス。

わたしはスタジオのすみっこで両手《りょうて》を組《く》んで握《にぎ》りしめ、うっとりと見《み》とれた。

「綺羅《きら》さん……きれい……！」

カメラマンの人《ひと》がテンションの高《たか》い声《こえ》を響《ひび》かせながら、シャッターを切《き》っていく。

「いいわ、いいわよ〜！　ステキだわ〜、綺羅《きら》ちゃん！　ビューティフル！」

鞄《かばん》の中《なか》からひょこっと顔《かお》をのぞかせた蘭《らん》ちゃんが小声《こごえ》で言《い》った。

「あのカメラマン、ビューティ小西《こにし》じゃない」

おかっぱ頭《あたま》でもみあげがくるんとしてるカメラマンのおじさんは、ハートの形《かたち》をした眼鏡《めがね》をかけている。着《き》ている服《ふく》も個性的《こせいてき》だ。

「有名《ゆうめい》な人《ひと》なの？」

「ものすごーく有名《ゆうめい》なカメラマンよ。女《おんな》の子《こ》をきれいに撮《と》るのがうまくて、あの人《ひと》に撮《と》ってもらうと有名《ゆうめい》になれるって評判《ひょうばん》なの。撮《と》られたがってるアイドルや女優《じょゆう》はいっぱいいるんだけど、あの人《ひと》に気《き》に入《い》られなきゃ撮《と》ってもらえないって噂《うわさ》よ」

そんな有名《ゆうめい》な人《ひと》に撮《と》ってもらえるなんて、やっぱり綺羅《きら》さんってすごい。

綺羅《きら》さんはすらりとした手《て》で紫色《むらさきいろ》のグレープジュースが入《はい》ったグラスを持《も》つ。ジュースは他《ほか》にオレンジ、レモン、ブルーハワイ、ストロベリーなどがある。今度新発売《こんどしんはつばい》されるペットボトルのジュースで、これはその宣伝《せんでん》ポスターの撮影《さつえい》だ。

いろいろな色《いろ》のジュースに合《あ》わせて、綺羅《きら》さんはいろいろな色《いろ》のドレスに着替《きが》えていく。ドレスが変《か》わると、綺羅《きら》さんの雰囲気《ふんいき》もガラリと変《か》わった。色《いろ》をイメージしたような表情《ひょうじょう》やしぐさになって、まわりの空気《くうき》まで変《か》わる。

(すごぉい……すごぉい!)

わたしだけでなく、みんなが綺羅《きら》さんに釘付《くぎづ》けだ。綺羅《きら》さんは視線《しせん》を浴《あ》びれば浴《あ》びるほど、キラキラ輝《かがや》きを増《ま》していくようだった。きっと、スターってこういう人《ひと》のことを言《い》うんだ。

わたしは感動《かんどう》の溜息《ためいき》をもらしながら、ただただ見《み》とれた。

「オッケ～! 綺羅《きら》ちゃん、ベリーグ～ッド! とってもよかったわよ～!」

カメラマンのビューティ小西《こにし》さんが撮影終了《さつえいしゅうりょう》を告《つ》げると、スタッフさんたちから大《おお》きな拍手《はくしゅ》が起《お》こり、わたしも手《て》が痛《いた》くなるほど拍手《はくしゅ》をした。

綺羅《きら》さんはスタッフさんと挨拶《あいさつ》をかわした後《あと》、わたしのところへ来《き》てくれた。

「リンさん、退屈《たいくつ》しなかった?」

「とんでもないです！　わたし、見《み》とれちゃって……綺羅《きら》さん、すっごくすっごくステキでした！」

興奮《こうふん》しながら言《い》うと、綺羅《きら》さんはにっこり微笑《ほほえ》んだ。

「どうもありがとう。ねえ、よかったらあなたもやってみない？」

「……え？」

「ねえ小西《こにし》さん、撮影《さつえい》は予定《よてい》よりかなり早《はや》く終《お》わったことだし、この子《こ》を撮《と》ってくださらない？

わたくしのお友達《ともだち》なの」

「綺羅《きら》ちゃんのフレ～ンズ？」

小西《こにし》さんがハート形《がた》の眼鏡《めがね》をわたしに向《む》けて、頭《あたま》のてっぺんから足《あし》の先《さき》までじろじろと見《み》る。

わたしは顔《かお》を引《ひ》きつらせた。

綺羅《きら》さん、それは無茶《むちゃ》ぶりです！　だって有名《ゆうめい》なカメラマンさんが、わたしなんかを撮《と》ってくれるわけが……と思《おも》っていたら、小西《こにし》さんはあっさり軽《かる》い調子《ちょうし》でうなずいた。

「いいわよっ。じゃあユー、衣装《いしょう》に着替《きが》えてきてちょうだい」

「え!?　そ、そんな、わたしは撮影《さつえい》なんて……！」

断《ことわ》ろうと言葉《ことば》を探《さが》していると、それをさえぎって誰《だれ》かが返事《へんじ》をした。

「どうぞよろしくお願《ねが》いします！」

え？　いま返事《へんじ》したの、誰《だれ》？　わたしじゃないよ？

綺羅《きら》さんはあでやかに微笑《ほほえ》んだ。

「そうこなくっちゃ。このCM用《シーエムよう》に作《つく》られた衣装《いしょう》がたくさんあるから、どうぞ好《す》きな服《ふく》を選《えら》んでちょうだい。それとも、わたしが選《えら》びましょうか？」

「大丈夫《だいじょうぶ》です！　自分《じぶん》で選《えら》びます！」

わたしになりすまして返事《へんじ》をする声《こえ》は、鞄《かばん》の中《なか》から聞《き》こえた。


スタジオの隣《となり》の衣装部屋《いしょうべや》に案内《あんない》されてドアを閉《し》めると、わたしは鞄《かばん》の中《なか》の蘭《らん》ちゃんに言《い》った。

「蘭《らん》ちゃん、勝手《かって》に決《き》めないでよぉ〜」

「いいじゃない。こんなチャンスめったにないんだから。見《み》て、ステキな服《ふく》がいっぱい！」

お店《みせ》が開《ひら》けそうなくらいの、色《いろ》とりどりの衣装《いしょう》が衣装掛《いしょうか》けにかかっていて、テーブルの上《うえ》にはアクセサリーや小物《こもの》が並《なら》んでいる。

わたしはたじろいだ。だってこういう服《ふく》って、綺羅《きら》さんみたいなきれいな人《ひと》だから似合《にあ》うのであって、わたしにはハードルが高《たか》すぎる。困《こま》っていると、人形《にんぎょう》から蘭《らん》ちゃんがスルリと出《で》てきて、透《す》きとおった幽霊《ゆうれい》の身体《からだ》で空中《くうちゅう》に浮《う》き、わたしと向《む》き合《あ》った。

「実《じつ》はね……わたし、スタイリストになるのが夢《ゆめ》だったの」

「スタイリスト？」

「うん。モデルさんや女《おんな》の子《こ》たちに合《あ》う服《ふく》を考《かんが》えて、コーディネートするお仕事《しごと》よ。病院《びょういん》のベッドでファッション雑誌《ざっし》を見《み》ながら、わたしだったらこうするとか、よく想像《そうぞう》してたの。だから……リンのコーディネート、わたしにやらせてくれない？　それで、プロの意見《いけん》を聞《き》いてみたいの」

夢《ゆめ》を語《かた》る蘭《らん》ちゃんの目《め》がキラキラしている。自分《じぶん》には未来《みらい》がないとつぶやいていた蘭《らん》ちゃん……その夢《ゆめ》のお手伝《てつだ》いができるのなら。

「うん、いいよ。蘭《らん》ちゃんにまかせる。好《す》きなようにコーディネートして」

蘭《らん》ちゃんがうれしそうに笑《わら》い、いっそう瞳《ひとみ》の輝《かがや》きが増《ま》した。

「ありがとう！　実《じつ》はもう、テーマもイメージも決《き》まってるの。リンに一番《いちばん》似《に》合《あ》うドレスは、あれよ！」

蘭《らん》ちゃんはビシッと一着《いっちゃく》のドレスを指《ゆび》さした。

「あの……お待《ま》たせしました……」

スタジオの扉《とびら》を開《あ》けると、みんなの視線《しせん》がわたしに集《あつ》まった。

うっ……注目《ちゅうもく》されると緊張《きんちょう》する。

わたしは慣《な》れないハイヒールでふらふら歩《ある》きながらスタジオに入《はい》った。

蘭《らん》ちゃんが選《えら》んだのは、真《ま》っ白《しろ》なドレスだった。ファーアクセサリーも、アップにした髪飾《かみかざ》りも、ブレスレットも、ぜーんぶ白《しろ》。なんか……真《ま》っ白《しろ》ってシンプルだからごまかしがきかない。

御影君《みかげくん》がじいっとわたしを見《み》て一言《ひとこと》つぶやいた。

「……いい」

虎鉄君《こてつくん》がほんのり頬《ほお》を赤《あか》くしながら、こっくりとうなずいて、

「……最高《さいこう》」

極《きわ》めつけは、零士君《れいじくん》の一言《ひとこと》だった。

「……美《うつく》しい」

う、うれしいけど……恥《は》ずかしい〜！

小西《こにし》さんがハート形《がた》の眼鏡《めがね》をくいっと持《も》ち上《あ》げて、わたしをなめるように見《み》て言《い》った。

「……いいじゃない。綺羅《きら》が彩《いろど》りの女神《めがみ》なら、ユーは純白《じゅんぱく》の天使《てんし》ね！」

それは蘭《らん》ちゃんの考《かんが》えたテーマそのものだった。すごい、ちゃんとプロにも伝《つた》わってる。

わたしはうれしくなって思《おも》わず言《い》った。

「蘭《らん》ちゃんもそう言《い》ってました！」

「ランちゃん？」

「わたしの友達《ともだち》で……この服《ふく》をコーディネートしてくれました」

小西《こにし》さんはふぅんとつぶやいて、感心《かんしん》したように言《い》った。

「カラーで飾《かざ》るんじゃなく、ホワイトでユーの魅力《みりょく》を引《ひ》き立《た》たせてる……いいセンスしてるじゃない、ユーのフレンド」

鞄《かばん》の中《なか》で蘭《らん》ちゃんがガッツポーズをとるのが見《み》えて、わたしも小《ちい》さくガッツポーズをとった。

「それじゃあ、バシバシ撮《と》るわよ〜！　スタンバイして！」

蘭《らん》ちゃんのコーディネートがほめられたから、もういいんです……ってわけにはやっぱりいかないか。

大《おお》きな反射板《はんしゃばん》を持《も》って光《ひかり》を当《あ》てる人《ひと》や、風《かぜ》を起《お》こす機械《きかい》を動《うご》かす人《ひと》など、すでにスタッフの人《ひと》たちがスタンバイしている。椅子《いす》に腰掛《こしか》けていた綺羅《きら》さんが小《ちい》さく手《て》をふってきた。

「リンさん、がんばって」

「は、はいっ」

やるしかない。わたしは覚悟《かくご》を決《き》めて、セットの白《しろ》い階段《かいだん》へ向《む》かった。

ロボットみたいにカクカクしながら、渡《わた》されたオレンジジュースの入《はい》ったグラスを持《も》って階段《かいだん》をのぼる。慣《な》れないハイヒールが歩《ある》きづらいうえに、緊張《きんちょう》して身体《からだ》が思《おも》うように動《うご》かない。

笑《わら》わなきゃ。でも笑《わら》おうとすればするほど、顔《かお》が引《ひ》きつってしまう。

そのとき、ハイヒールでよろけ、足首《あしくび》がかくっとなった。

「きゃ⁉」

パリーン！　階段《かいだん》に手《て》をついて転《ころ》ぶのは避《さ》けられたけど、高《たか》そうなグラスを落《お》として割《わ》ってしまい、真《ま》っ白《しろ》な階段《かいだん》がガラスの破片《はへん》やジュースで汚《よご》れてしまった。

サ〜ッと血《ち》の気《け》が引《ひ》いて、わたしは顔面蒼白《がんめんそうはく》になった。

「す、すみません、すみません！　すぐに片付《かたづ》けます！」

割《わ》れたグラスを拾《ひろ》おうとすると、いつのまにか御影君《みかげくん》がそばにいて手《て》を包《つつ》みこまれた。

「ダメ。リンの手《て》が傷《きず》つく」

「で、でも……グラスが！　ジュースが！」

「ほっときゃいい」

そう言《い》って、御影君《みかげくん》は割《わ》れたグラスをさらに足《あし》で踏《ふ》み砕《くだ》いた。

「こんなもののために、リンが困《こま》ることない。たかがグラスとジュースだ」

えっ、いや、そうかもしれないけど……そういうわけには。

まわりの目《め》を気《き》にしてあせっていると、御影君《みかげくん》がわたしの頬《ほお》にふれて顔《かお》をのぞきこんできた。

「無理《むり》に笑《わら》おうとするリンは、つらそうだ」

わたしはハッとして御影君《みかげくん》を見《み》る。

「俺《おれ》は、リンが困《こま》ったり、つらい思《おも》いをしたりするのが嫌《いや》だ。だからリンの気持《きも》ちを曇《くも》らせるものは俺《おれ》が全部《ぜんぶ》しりぞけてやる。そうすれば、リンは本当《ほんとう》の笑顔《えがお》になれるだろう？」

胸《むね》の奥《おく》から熱《あつ》いものがこみあげてきて、目《め》がうるっとしてしまった。

御影君《みかげくん》ってところかまわずこういうことをするから、ホント困《こま》る……でも本当《ほんとう》に困《こま》るのは、そんな御影君《みかげくん》にときめいて、感動《かんどう》してしまうわたしの心《こころ》だ。

そのとき、頭上《ずじょう》からひらひらと何《なに》かが降《ふ》ってきて、虎鉄君《こてつくん》が階段《かいだん》をひょいとのぼってきた。

「おまえ、わかってないね～。それじゃあ、女子《じょし》は笑《わら》わせられねーよ」

色《いろ》とりどりの花《はな》びらがひらひらと風《かぜ》にのって舞《ま》う。わたしは思《おも》わず歓声《かんせい》をあげた。

「わあ……！」

「かわいいもの、きれいなものがだ〜い好《す》き♡　それが乙女心《おとめごころ》ってもんよ」

虎鉄君《こてつくん》がニッと笑《わら》い、御影君《みかげくん》がムッとする。

「何《なに》が乙女心《おとめごころ》だ。花出《はなだ》しときゃいいだろって考《かんが》え方《かた》がチャラすぎる」

「チャラかろうがなんだろうが、要《よう》はリンが笑顔《えがお》になりゃあいいんだよ」

零士君《れいじくん》が階段《かいだん》をのぼってきて、ポケットからハンカチをとり出《だ》した。

「どっちもどっちだ。まったく、おまえたちは後先考《あとさきかんが》えずに散《ち》らかして、少《すこ》しは後片付《あとかたづ》けというものを考《かんが》えろ」

言《い》いながら、粉々《こなごな》に砕《くだ》けたグラスにふわりとハンカチをかける。さっとハンカチをとると、元《もと》どおりになったグラスが零士君《れいじくん》の手《て》にあった。

おお！　とまわりからどよめきが起《お》こる。みんなの目《め》には手品《てじな》のように見《み》えたみたい。零士君《れいじくん》は回復魔法《かいふくまほう》でグラスを直《なお》し、こぼれたジュースまで元《もと》どおりにして、わたしの失敗《しっぱい》をきれいに片付《かたづ》けてくれた。

「どうぞ」

さし出《だ》されたグラスをわたしはホッとしながら受《う》けとった。

「ありがとう、零士君《れいじくん》」

零士君《れいじくん》が無表情《むひょうじょう》をほんの少《すこ》し崩《くず》して、微笑《びしょう》した。

「うまくやらなければと気負《きお》うことはない。無理《むり》に笑《わら》わずとも、君《きみ》はありのままが美《うつく》しいのだから」

御影君《みかげくん》と虎鉄君《こてつくん》が顔《かお》をしかめて声《こえ》をそろえた。

「「うわっ、キザ」」

「う、うるさい」

不思議《ふしぎ》……3人《にん》に囲《かこ》まれていると心《こころ》がポカポカする。日《ひ》だまりでお茶《ちゃ》しながらおしゃべりしてるみたいにリラックスして、緊張《きんちょう》が消《き》えてなくなっていた。

虎鉄君《こてつくん》がジュースをさっとさし出《だ》してきた。

「リン、緊張《きんちょう》してのど渇《かわ》いたんじゃないか？　ほい、どーぞ」

「ちょっと待《ま》て。何《なに》さりげなくレモンジュース出《だ》してんだよ」

「おまえこそ赤《あか》いストロベリージュース持《も》ってるじゃねえか」

「リンは白《しろ》が似合《にあ》うが、その美《うつく》しさをより際立《きわだ》たせるのは、やはりブルーだろう」

3人《にん》がそれぞれの色《いろ》のジュースを手《て》に、わたしに言《い》った。

「「「どれにする？」」」

わたしは自然《しぜん》と笑顔《えがお》になって答《こた》えた。

「どれもおいしそう」

シャッター音《おん》が連続《れんぞく》して聞《き》こえて、小西《こにし》さんが叫《さけ》んだ。

「エクセレント！　いいわっ！　とってもよかったわっ！　写真《しゃしん》チェックよ！」

小西《こにし》さんはふんふん鼻息《はないき》を荒《あら》くしながらパソコンに駆《か》け寄《よ》った。撮《と》った写真《しゃしん》は、パソコンのモニタでチェックするみたい。モニタを見《み》ていたスタッフさんがふいに大声《おおごえ》で叫《さけ》んだ。

「うわああああっ！」

みんながびくっとして、その人《ひと》の方《ほう》を見《み》る。

「なぁに？　どうしたの？」

小西《こにし》さんが眉《まゆ》をひそめ、スタッフさんたちとモニタをのぞきこんだ瞬間《しゅんかん》、全員《ぜんいん》がぎょっとして顔《かお》を引《ひ》きつらせた。

「こ、これは……！」

見《み》ると、わたしと3人《にん》の他《ほか》に、写真《しゃしん》に写《うつ》りこんでいるものがあった。

（あ、蘭《らん》ちゃん）

人形《にんぎょう》からぬけ出《だ》した幽霊《ゆうれい》の蘭《らん》ちゃんが、透《す》きとおった身体《からだ》でぼんやりと写《うつ》っている。

わたしにくっついてピースしている蘭《らん》ちゃんに、わたしは思《おも》わず笑《わら》ってしまったけど、スタッフさんたちは顔《かお》をこわばらせて声《こえ》をひそめる。

「ゆ、幽霊《ゆうれい》……ですよね？　これ……」

「うわぁ、女《おんな》の子《こ》の幽霊《ゆうれい》がこんなにはっきりと……心霊写真《しんれいしゃしん》だ……！」

鞄《かばん》の中《なか》で蘭《らん》ちゃんが首《くび》をすくめてぼそっと言《い》った。

「ごめん、つい……どうせ写《うつ》らないからって思《おも》ったんだけど……」

わたしはくすりと笑《わら》って、パソコンを操作《そうさ》していたスタッフさんにお願《ねが》いした。

「あの、この写真《しゃしん》、プリントしてもらえませんか？」

「え？　心霊写真《しんれいしゃしん》をかい？」

「はい、お願《ねが》いします」

「いいけど……ちゃんとお祓《はら》いした方《ほう》がいいよ？」

わたしは思《おも》わず叫《さけ》んだ。

「お祓《はら》いなんて、とんでもないです！　とってもステキな心霊写真《しんれいしゃしん》じゃないですか！」

場《ば》がシーンとなって、みんなの視線《しせん》がわたしに集《あつ》まる。

あ……しまった。蘭《らん》ちゃんがお祓《はら》いされたら大変《たいへん》だと思《おも》って、思《おも》わず力説《りきせつ》してしまった。

スタッフさんは不思議《ふしぎ》そうな顔《かお》をしながらも、写真《しゃしん》をプリントアウトしてくれた。

写真《しゃしん》には、笑《わら》っているわたしと蘭《らん》ちゃん、そして御影君《みかげくん》たち3人《にん》がかっこよく写《うつ》っている。

他《ほか》の人《ひと》から見《み》ると、恐怖《きょうふ》の心霊写真《しんれいしゃしん》かもしれないけど。

わたしにとっては星占《ほしうらな》い部《ぶ》の部員《ぶいん》がそろった記念写真《きねんしゃしん》だ。

(わ〜い、宝物《たからもの》にしよっと)

写真《しゃしん》を見《み》てほっこりしていると、小西《こにし》さんがわたしにずいっとせまってきた。

「いいわぁ、その笑顔《えがお》」

「え？」

「やっぱりミーの目《め》に狂《くる》いはなかったわ。ユーには人《ひと》を惹《ひ》きつけるとてつもないキラメキがあるわ！　ミーはそのキラメキをもっと撮《と》りたいの！　ユー、モデルになりなさいっ！」

スタッフさんからどよめきが起《お》こった。

「む、無理《むり》です！」

今回《こんかい》は蘭《らん》ちゃんと御影君《みかげくん》たちがいてくれたからなんとかなっただけだ。やっぱり注目《ちゅうもく》されるのは苦手《にがて》だし、自分《じぶん》にモデルができるとは思《おも》えない。でも小西《こにし》さんはぐいぐいせまってくる。

「無理《むり》じゃないから！　才能《さいのう》あるから！　もちろん、親御《おやご》さんにはミーからちゃんとご挨拶《あいさつ》させてもらうわ。しっかりした事務所《じむしょ》を紹介《しょうかい》するし、絶対《ぜったい》に悪《わる》いようにはしないから！」

そ、そう言《い》われても……！

困《こま》っていると、御影君《みかげくん》が間《あいだ》に割《わ》って入《はい》ってきた。

「しつこいぞ、おっさん。リンは断《ことわ》るって言《い》ってんだ。あきらめろ」

「いいえ、見《み》つけた才能《さいのう》を埋《う》もれさせるわけにはいかないわ。彼女《かのじょ》にはすごい魅力《みりょく》があるわ！」

「んなこと、知《し》ってるっつーの」

「きっとスターになれる！　10年《ねん》、いえ100年《ねん》にひとりの逸材《いつざい》よ！　人気《にんき》が出《で》るの間違《まちが》いなしよっ！」

「困《こま》るんだよ、人気《にんき》が出《で》ると。これ以上《いじょう》ライバルが増《ふ》えてたまるかよ」

ふたりがにらめっこをしていると、いつのまにかパソコンを操作《そうさ》していた零士君《れいじくん》が言《い》った。

「彼女《かのじょ》は公《おおやけ》に出《で》ることを望《のぞ》んでいませんので、写真《しゃしん》はくれぐれも外《そと》に出《だ》さないようにお願《ねが》いします。念《ねん》のため、すべてデータを消去《しょうきょ》させてもらいます」

カチッと消去《しょうきょ》キーを押《お》した瞬間《しゅんかん》、パソコンのモニターからわたしの写真画像《しゃしんがぞう》が消《き》えた。

「あーっっ！　ミーの作品《さくひん》がぁぁぁ！」

そのとき、退屈《たいくつ》そうにしていた虎鉄君《こてつくん》がそばに来《き》て言《い》った。

「会長《かいちょう》のボディガード、戻《もど》ってきたぜ」

群雲《むらくも》さんがこちらへ来《き》て、表情《ひょうじょう》を動《うご》かすことなく言《い》った。

「ミス＝セレナと連絡《れんらく》がとれました。あちらもぜひ、あなたに会《あ》いたいとのことです」

「本当《ほんとう》ですか!?」

「待《ま》ち合《あ》わせ場所《ばしょ》にご案内《あんない》します」

わたしはスタッフさんたちにぺこりと頭《あたま》を下《さ》げた。

「あのぉ、写真《しゃしん》、どうもありがとうございました」

そして御影君《みかげくん》たちと一緒《いっしょ》に、撮影《さつえい》スタジオを後《あと》にした。

5

待《ま》ち合《あ》わせ場所《ばしょ》へ向《む》かって、群雲《むらくも》さんを先頭《せんとう》に、わたしたちは廊下《ろうか》を歩《ある》きだした。わたしは綺羅《きら》さんと並《なら》び、そのうしろを御影君《みかげくん》たちがついてくる。歩《ある》きながら、綺羅《きら》さんが話《はな》しかけてきた。

「ビューティ小西《こにし》にスカウトされるなんてすごいことよ。モデル、やってみたらいいのに」

「い、いえ、わたしには無理《むり》ですから。人前《ひとまえ》に出《で》るのとか、ホント苦手《にがて》で……」

綺羅《きら》さんがきれいな顔《かお》を寄《よ》せてきて、わたしの顔《かお》をのぞきこんできた。

「そんなのはすぐに慣《な》れるわ。みんながあなたを見《み》てくる……みんながあなたに夢中《むちゅう》になる……こんな快感《かいかん》、ないと思《おも》わない？」

綺羅《きら》さんの黒《くろ》い瞳《ひとみ》に、わたしの顔《かお》が映《うつ》っている。その底知《そこし》れない深《ふか》さに吸《す》いこまれそうになる。

「モデル、一緒《いっしょ》にやりましょうよ」

お誘《さそ》いはうれしかったけど、わたしは頭《あたま》をぺこりと下《さ》げた。

「すみません。光栄《こうえい》ですけど……今《いま》はやりたいことがあるので」

「やりたいこと？」

「はい。星占《ほしうらな》い部《ぶ》です」

綺羅《きら》さんはじっとわたしを見《み》て、ふっと微笑《ほほえ》んだ。

「……そう。残念《ざんねん》」

大《おお》きな扉《とびら》の前《まえ》に到着《とうちゃく》し、群雲《むらくも》さんと綺羅《きら》さんが言《い》った。

「このスタジオでお待《ま》ちください。まもなくミス＝セレナは到着《とうちゃく》するとのことです」

「リンさん、わたくしはこれで失礼《しつれい》するわ。今日《きょう》はこれからもうひとつ仕事《しごと》があるの。ごめんなさいね、最後《さいご》まで付《つ》き合《あ》えなくて」

「いいえ、そんな！　本当《ほんとう》に助《たす》かりました。どうもありがとうございました！」

「どういたしまして。それじゃ――ごきげんよう」

綺羅《きら》さんは長《なが》い黒髪《くろかみ》をひるがえし、群雲《むらくも》さんと去《さ》っていった。

わたしは重《おも》い扉《とびら》を開《あ》けて中《なか》をのぞいて、あっ、と声《こえ》をあげた。

「わあっ……スマイルモーニングのスタジオだ！」

いつもテレビで見《み》ている風景《ふうけい》がそこにあった。アナウンサーやゲストさんたちが使《つか》っているテーブルや椅子《いす》があって、セレナさんが星占《ほしうらな》いコーナーをやる場所《ばしょ》には星座《せいざ》が描《えが》かれた背景《はいけい》のセットもある。無人《むじん》のスタジオには、数台《すうだい》のテレビカメラや機材《きざい》が静《しず》かに並《なら》んでいた。

（もうすぐ、セレナさんに会《あ》えるんだ……！）

うれしくなり、駆《か》けこむようにスタジオに足《あし》を踏《ふ》み入《い》れた――そのときだった。胸元《むなもと》でスタージュエルが光《ひか》ると、一台《いちだい》のテレビカメラがわたしに向《む》かって黒《くろ》い光《ひかり》を発《はっ》した。

「――!?」

それはテレビカメラの形《かたち》をしたグールだった。グールが放《はな》った黒《くろ》い光《ひかり》を全身《ぜんしん》に浴《あ》びてしまい、わたしは悲鳴《ひめい》をあげることもできず、目《め》をつむった。

身体《からだ》の中《なか》に闇《やみ》がじわりとしみこんできたような感覚《かんかく》にぞっとして、わたしは身《み》を縮《ちぢ》めた。

(わたし、どうなっちゃったの？)

怖《こわ》くて目《め》が開《あ》けられない。

「リン！」

ハッと目《め》を開《あ》けると、赤《あか》い石《いし》のついたチョーカーが見《み》えた。わたしは黒衣《こくい》に包《つつ》まれて、その腕《うで》に抱《だ》きしめられていた。

「御影君《みかげくん》！」

「リン、大丈夫《だいじょうぶ》か？」

「うん……うん、大丈夫《だいじょうぶ》だよ」

わたしはホッと息《いき》をつき、御影君《みかげくん》につかまりながらまわりを見《み》た。

見《み》えるのは雨《あめ》だけ、聞《き》こえるのも雨音《あまおと》だけ。

虎鉄君《こてつくん》や零士君《れいじくん》や蘭《らん》ちゃんの姿《すがた》はなく、降《ふ》る雨《あめ》がカーテンのようになって視界《しかい》を閉《と》ざしている。

足元《あしもと》は水《みず》たまり。降《ふ》りつづける雨《あめ》がたまったみたいに一面《いちめん》が池《いけ》のようになっていて、その水面《すいめん》にわたしたちは立《た》っていた。無数《むすう》の雨《あめ》の粒《つぶ》が水面《すいめん》に落《お》ち、小《ちい》さな波紋《はもん》をいくつも起《お》こしている。

「ここは、どこ……？」

御影君《みかげくん》は周囲《しゅうい》を警戒《けいかい》しながら、わたしを抱《だ》く左腕《ひだりうで》に力《ちから》をこめて言《い》った。

「わからない。グールの光《ひかり》を浴《あ》びた瞬間《しゅんかん》、ここにいた」

どこか外《そと》に飛《と》ばされたのかな、室内《しつない》のスタジオに雨《あめ》が降《ふ》るはずがないし。

雨《あめ》、とつぶやいてわたしはハッとした。

「御影君《みかげくん》、濡《ぬ》れちゃう……！」

「大丈夫《だいじょうぶ》だ。これは本物《ほんもの》の雨《あめ》じゃない」

御影君《みかげくん》が雨《あめ》に手《て》をさし出《だ》した。

雨粒《あめつぶ》はその手《て》をすりぬけて落《お》ち、足元《あしもと》の水《みず》たまりに落《お》ちて波紋《はもん》を起《お》こす。

「この雨《あめ》は濡《ぬ》れない。さわれない。これは……映像《えいぞう》か？」

「なんか……映画《えいが》みたい」

まわりをぐるりと映画館《えいがかん》のスクリーンに囲《かこ》まれていて、そこに雨《あめ》の降《ふ》る映画《えいが》が映《うつ》し出《だ》されている
——そんな感《かん》じだ。

ふいに、雨《あめ》の中《なか》にぽっと明《あ》かりが灯《とも》った。明《あ》かりは切《き》りとられたように長方形《ちょうほうけい》をしている。

それは家《いえ》の窓《まど》だった。あたたかな明《あ》かりが窓《まど》からもれて、その中《なか》にふたつの人影《ひとかげ》が見《み》えた。ひとりは小《ちい》さな女《おんな》の子《こ》、そしてもうひとりは髪《かみ》の長《なが》い大人《おとな》の女性《じょせい》。女性《じょせい》の顔《かお》を見《み》て、わたしは叫《さけ》んだ。

「お母《かあ》さん⁉」

それはお母《かあ》さんと、子供《こども》の頃《ころ》のわたしだった。裁縫《さいほう》をしているお母《かあ》さんを、幼《おさな》いわたしがじいっと見《み》ている。

御影君《みかげくん》は目《め》を鋭《するど》くし、全身《ぜんしん》の毛《け》を逆立《さかだ》てるように警戒《けいかい》を強《つよ》める。

「どうしてカルラが……なんだ、これは？」

わたしは窓辺《まどべ》の風景《ふうけい》を見《み》つめながらつぶやいた。

「あの女《おんな》の子《こ》はわたしだよ。なつかしいな……これ、お母《かあ》さんが着《き》せ替《か》え人形《にんぎょう》を作《つく》ってくれた日《ひ》のことだよ」

いまでもよく覚《おぼ》えている、雨《あめ》の日《ひ》の出来事《できごと》だった。

外《そと》へ遊《あそ》びに行《い》けなくてわたしがぐずっていると、お母《かあ》さんが着《き》せ替《か》え人形《にんぎょう》を作《つく》ってくれた。

なんのへんてつもない布《ぬの》や糸《いと》が、お母《かあ》さんの手《て》にかかると大変身《だいへんしん》。命《いのち》が吹《ふ》きこまれるように人形《にんぎょう》やかわいい服《ふく》が次々《つぎつぎ》と作《つく》られていくさまが、まるで魔法《まほう》みたいって思《おも》った。

わたしはぐずることも忘《わす》れて、それをずっと見《み》つめていた。

お母《かあ》さんとの思《おも》い出《で》のひとつ、幸《しあわ》せな1《ワン》シーンだ。

「これ、わたしの記憶《きおく》なのかも」

「記憶《きおく》？」

「うん。だってこれ、わたししか知《し》らない風景《ふうけい》だから」

お母《かあ》さんと子供《こども》のわたしが楽《たの》しそうに笑《わら》っている……ホームビデオを見《み》るようになつかしく眺《なが》めていると、急《きゅう》に雨《あめ》が激《はげ》しく降《ふ》りだした。

フッと窓《まど》が消《き》えて、映像《えいぞう》が変《か》わる。空《そら》にたちこめている雨雲《あまぐも》から雨《あめ》がザーザーと音《おと》をたてて落《お》ちて、どしゃぶりの雨《あめ》の中《なか》にまた別《べつ》のものが見《み》えた。

灰色《はいいろ》の岩《いわ》が並《なら》ぶ岩場《いわば》だ。ひときわ大《おお》きな岩《いわ》の下《した》、地面《じめん》との隙間《すきま》で何《なに》かが動《うご》いている。

それは黒《くろ》い子猫《こねこ》だった。闇《やみ》で染《そ》められたような黒《くろ》い毛《け》はぐっしょり濡《ぬ》れていて、岩陰《いわかげ》でうずくまり寒《さむ》そうに震《ふる》えている。その黒猫《くろねこ》の目《め》は——赤《あか》い。

「あの黒猫《くろねこ》って、もしかして御影君《みかげくん》？」

返事《へんじ》はなかった。

御影君《みかげくん》は赤《あか》い瞳《ひとみ》で空《そら》を見上《みあ》げていて、同《おな》じように黒猫《くろねこ》もその赤《あか》い瞳《ひとみ》で空《そら》を見上《みあ》げている。ふたりの視線《しせん》を追《お》ってわたしも見上《みあ》げると、雨雲《あまぐも》が立《た》ちこめる空《そら》から何《なに》かが飛《と》んでくるのが見《み》えた。

(なんだろう……鳥《とり》？)

遠目《とおめ》で見《み》ると白《しろ》い鳥《とり》みたいに見《み》えたけど、それがだんだん近《ちか》づいてきて、鳥《とり》じゃないってわかった。大《おお》きなとんがり帽子《ぼうし》を目深《まぶか》にかぶり、長《なが》いローブで身体《からだ》をおおった人《ひと》が、箒《ほうき》に乗《の》ってこちらへ飛《と》んでくる。あれは――。

（魔女《まじょ》だ）

物語《ものがたり》に出《で》てくるような魔女《まじょ》の衣装《いしょう》を着《き》ていて、その衣装《いしょう》の色《いろ》は黒《くろ》ではなく、白《しろ》。白《しろ》い魔女《まじょ》は全身《ぜんしん》に白《しろ》い光《ひかり》をまとい、雨《あめ》をはじきながら飛《と》んでいる。暗《くら》い灰色《はいいろ》の雨雲《あまぐも》をつきぬけて飛《と》ぶ姿《すがた》は、まるで流《なが》れ星《ぼし》みたいだ。

御影君《みかげくん》がその人《ひと》を見《み》ながらつぶやいた。

「……カルラ」

「え？」

白《しろ》い魔女《まじょ》はわたしたちから少《すこ》し離《はな》れた場所《ばしょ》に下降《かこう》し、音《おと》もなくふわりと着地《ちゃくち》した。その首《くび》にかけられているネックレス――スタージュエルがゆれる。魔女《まじょ》が帽子《ぼうし》のつばをくいっと上《あ》げ、その顔《かお》が明《あき》らかになった。わたしは目《め》を見開《みひら》き、息《いき》を飲《の》んで叫《さけ》んだ。

「お母《かあ》さん！」

うわぁ、白魔女姿《しろまじょすがた》のお母《かあ》さんだ！　まぶしいほどに真《ま》っ白《しろ》な服《ふく》がとてもよく似合《にあ》っていて、凛《りん》としたその瞳《ひとみ》には強《つよ》い意志《いし》が宿《やど》っている。すごくきれいで、そしてかっこいい。

初《はじ》めて見《み》る白魔女姿《しろまじょすがた》のお母《かあ》さんに興奮《こうふん》していると、御影君《みかげくん》の震《ふる》える声《こえ》が聞《き》こえた。

「……来《く》るな」

「え？」

御影君《みかげくん》は真《ま》っ青《さお》な顔《かお》で、お母《かあ》さんに向《む》かって叫《さけ》んだ。

「来《く》るな、カルラ！　俺《おれ》に近《ちか》づくな！　逃《に》げろ！」

お母《かあ》さんは箒《ほうき》を片手《かたて》に持《も》ちながら、赤《あか》い瞳《ひとみ》の黒猫《くろねこ》の方《ほう》へ歩《ある》きだした。

御影君《みかげくん》はひどく呼吸《こきゅう》を乱《みだ》し、激《はげ》しく動揺《どうよう》しているのが見《み》てとれた。まるで、何《なに》かを恐《おそ》れているような――。

（もしかして、これは御影君《みかげくん》の記憶《きおく》かな？）

御影君《みかげくん》はこれから起《お》こることを知《し》っていて、それを止《と》めようとしているみたいだ。

「逃《に》げろ！」

御影君《みかげくん》の声《こえ》は届《とど》かず、白魔女《しろまじょ》のお母《かあ》さんは黒猫《くろねこ》に近《ちか》づいていく。黒猫《くろねこ》が牙《きば》をむいてうなりはじめ、その赤《あか》い瞳《ひとみ》が妖《あや》しく輝《かがや》きだす。

御影君《みかげくん》が悲鳴《ひめい》をあげるように叫《さけ》んだ。

「逃《に》げろ――――っ!!」

その瞬間《しゅんかん》、黒猫《くろねこ》から紅蓮《ぐれん》の炎《ほのお》が噴《ふ》き出《だ》した。

炎《ほのお》は岩《いわ》を焦《こ》がし、あたりが真《ま》っ赤《か》に染《そ》まるほどの巨大《きょだい》な炎《ほのお》がお母《かあ》さんを飲《の》みこんだ。

「——!?」

そして炎《ほのお》の中《なか》で、お母《かあ》さんは消《き》えてしまった。

映像《えいぞう》が消《き》えて、また雨《あめ》が降《ふ》るだけの風景《ふうけい》になる——。

わたしは雨《あめ》の中《なか》で呆然《ぼうぜん》と立《た》ち尽《つ》くした。衝撃《しょうげき》がゆるゆると胸《むね》にせりあがってきて、心臓《しんぞう》がきしむような音《おと》をたてて、呼吸《こきゅう》をすることも苦《くる》しい。

(いまのは……どういうこと？　お母《かあ》さんが……炎《ほのお》に包《つつ》まれて——)

消《き》えてしまった。

足元《あしもと》の水《みず》たまりに、ずぶり、とわたしの足《あし》が沈《しず》んだ。

「リン！」

沈《しず》んでいくわたしを引《ひ》き上《あ》げようと、御影君《みかげくん》が手《て》をつかんできた。

「御影君《みかげくん》……いまのは……何《なに》？」

御影君《みかげくん》は赤《あか》い瞳《ひとみ》を激《はげ》しくゆらしながら、懸命《けんめい》にわたしの手《て》を引《ひ》っぱる。

「わたしのお母《かあ》さんは……御影君《みかげくん》の炎《ほのお》で亡《な》くなったの？」

問《と》いかけながら必死《ひっし》に祈《いの》った。

(違《ちが》うよね……？　お願《ねが》い、違《ちが》うって言《い》って！)

でも御影君《みかげくん》は何《なに》も答《こた》えなかった。違《ちが》うなら違《ちが》うって否定《ひてい》するはずだ。でも否定《ひてい》しない――否定《ひてい》できない――答《こた》えられない――……これが、御影君《みかげくん》の隠《かく》し事《ごと》。

わたしは御影君《みかげくん》の手《て》をふりはらい、両手《りょうて》で顔《かお》をおおって悲鳴《ひめい》をあげた。

「いやああああああああ――――――――っ！」

弾《はじ》かれたように御影君《みかげくん》が雨《あめ》の中《なか》へ駆《か》けだした。そばにいたい、いつでも駆《か》けつける……そう言《い》ってくれた悪魔《あくま》が、わたしから離《はな》れていって……そして見《み》えなくなった。

ひとり残《のこ》されたわたしはずぶずぶ沈《しず》みながら、目《め》をつむり、耳《みみ》をふさいでうずくまる。

(嘘《うそ》……嘘《うそ》……こんなの、信《しん》じられないよ……！)

打《う》ちつける雨音《あまおと》に混《ま》じって、低《ひく》い声《こえ》が頭《あたま》の中《なか》に響《ひび》いた。

――**嘘《うそ》ではない。**

それはいままで何度《なんど》もわたしに語《かた》りかけてきた声《こえ》だった。声《こえ》はわたしに目《め》をそむけさせまいとするように、大《おお》きく頭《あたま》に響《ひび》く。

――**おまえたちは結《むす》ばれぬ。**

何《なに》も言《い》い返《かえ》せなかった。だって実際《じっさい》、わたしたちは結《むす》ばれなかった。

——**おまえは白魔女《しろまじょ》になれぬ。**

（そっか、白魔女《しろまじょ》になれないんだ……）

そう思《おも》うと、抵抗《ていこう》する気力《きりょく》もなくなった。目《め》をつむっていても、涙《なみだ》がとめどなくあふれる。泣《な》くほどに雨《あめ》の量《りょう》が増《ま》して、水《みず》たまりが深《ふか》くなっていく。冷《つめ》たい雨《あめ》に膝《ひざ》がつかり、腰《こし》、胸《むね》が沈《しず》んでいく。

——**絶望《ぜつぼう》に沈《しず》め。**

身体《からだ》も心《こころ》も冷《つめ》たくなっていき、わたしは底《そこ》の見《み》えない絶望《ぜつぼう》に沈《しず》んでいった。

6

そのとき、ふいに陽気《ようき》な声《こえ》が聞《き》こえた。

「チャッチャラ、チャッチャラ、チャラララ〜ン♪　スッチャラチャラチャララ、チャッチャララ〜ン、ワ〜ウ〜」

誰《だれ》かが楽《たの》しげに音楽《おんがく》のメロディを口《くち》ずさんでいる。このメロディは……ミス＝セレナの星占《ほしうらな》いコーナーのテーマ音楽《おんがく》だ。

わたしはハッと顔《かお》を上《あ》げて、目《め》を開《あ》けた。雨《あめ》のスクリーンの一部《いちぶ》がぱっくりと割《わ》れて、そこから紫《むらさき》のベールをまとったミス＝セレナが軽快《けいかい》に踊《おど》りながら現《あらわ》れた。

「星《ほし》はキラメキ、恋《こい》はトキメキ！　運命《うんめい》の占《うらな》い師《し》ミス＝セレナ、参上《さんじょう》～！」

いつもの決《き》めポーズを呆然《ぼうぜん》と見《み》ながら、わたしは言《い》った。

「セレナ……さん？」

セレナさんはニコッと笑《わら》って、ひらひらと手《て》をふって、

「はぁ～い、どうもお待《ま》た――どわっ!?」

セレナさんを背後《はいご》からつき飛《と》ばして虎鉄君《こてつくん》と零士君《れいじくん》が現《あらわ》れた。

「「リン！」」

ふたりは雨《あめ》の中《なか》に飛《と》びこんできて、わたしの両手《りょうて》にそれぞれふれる。

「風《かぜ》よ！」

「氷《こおり》よ！」

ふたりは黒衣《こくい》の悪魔《あくま》と化《か》した。

「吹《ふ》き飛《と》ばせ！　ハイトルネード！」

虎鉄君《こてつくん》が起《お》こした竜巻《たつまき》で水《みず》たまりが吹《ふ》き飛《と》ばされて、雨《あめ》のスクリーンがゆれて大《おお》きくゆがむ。ゆ

がんで生《しょう》じた隙間《すきま》から、カメラグールが見《み》えた。

「アハラバード！」

零士君《れいじくん》の放《はな》った氷《こおり》の矢《や》がカメラグールを貫《つらぬ》き、グールは煙《けむり》のように消《き》えた。

セレナさんはむくりと起《お》き上《あ》がり、両手《りょうて》を腰《こし》に当《あ》てて頬《ほお》をふくらませながらふたりに言《い》った。

「ちょっとちょっと悪魔君《あくまくん》たち！　挨拶《あいさつ》の途中《とちゅう》でレディをバックから突《つ》き飛《と》ばすなんて、乱暴《らんぼう》すぎない!?」

「あんたがさっさとどかねえからだ！　挨拶終《あいさつお》わるの待《ま》ってたら、リンがやられちまうだろうが！」

セレナさんと虎鉄君《こてつくん》のやりとりをぼうぜんと見《み》ていると、零士君《れいじくん》が教《おし》えてくれた。

「彼女《かのじょ》が、リンを捜《さが》す手助《てだす》けをしてくれたんだ」

「セレナさんが……？」

「君《きみ》はカメラグールの光《ひかり》に飲《の》みこまれて、この場《ば》から忽然《こつぜん》と消《き》えた」

まわりを見《み》ると、そこはスマイルモーニングのスタジオだった。

スタジオのすみっこに誰《だれ》かが倒《たお》れている。あれは……カメラマンのビューティ小西《こにし》さんだ。

「彼《かれ》からグールが生《う》み出《だ》されたようだ」

虎鉄君《こてつくん》が座《すわ》りこんでハーッと息《いき》をついた。

「マジ焦《あせ》ったぜ。リンが突然消《とつぜんき》えるから」

ミス＝セレナが紫《むらさき》のベールをゆらしながら近《ちか》づいてきて、わたしの前《まえ》に立《た》った。

「んもう、だから言《い》ったでしょ？　今日《きょう》はおとなしくおうちにいた方《ほう》がいいって。忠告《ちゅうこく》を聞《き》かずにのこのこ出《で》てきちゃうから、こうなっちゃうのよ。天ヶ瀬《あまがせ》リンさん♡」

わたしは、えっ、と声《こえ》をあげた。

「どうしてわたしの名前《なまえ》を……？」

「わかっちゃうの！　お見通《みとお》しなの！　だってわたしは運命《うんめい》の占《うらな》い師《し》だからっ！」

セレナさんはバレリーナのようにくるくるっと回《まわ》り踊《おど》って、ビシッとポーズを決《き》める。

人形《にんぎょう》の蘭《らん》ちゃんがジト～ッとした目《め》でセレナさんに言《い》った。

「ねえ、いちいちポーズとらなきゃしゃべれないの？」

セレナさんは人形《にんぎょう》が動《うご》き、しゃべることに少《すこ》しも驚《おどろ》くことなく、ちっちっちと指《ゆび》を左右《さゆう》にふった。

「このポーズ、重要《じゅうよう》だから。占《うらな》ってただしゃべるだけじゃ、地味《じみ》すぎてあきられちゃうでしょ？　一言一言《ひとことひとこと》にアクションつけて、目立《めだ》たないとねっ！」

え……セレナさんがポーズとるのって、目立《めだ》つためだったの？　あの踊《おど》りやポーズにも何《なに》か神秘《しんぴ》的《てき》な意味《いみ》があるのかと思《おも》っていたのに……真相《しんそう》を知《し》って、ちょっとズルッとなってしまった。

「リン、御影《みかげ》は？」

零士君《れいじくん》の問《と》いかけに、わたしはびくっとした。

「御影《みかげ》と一緒《いっしょ》ではなかったのか？」

答《こた》えられずうつむいていると、人形《にんぎょう》の蘭《らん》ちゃんがわたしの顔《かお》をのぞきこんできた。

「リン、大丈夫《だいじょうぶ》？　顔《かお》が真《ま》っ青《さお》よ」

零士君《れいじくん》がわたしの肩《かた》にふれて、静《しず》かに問《と》いかけてきた。

「リン、何《なに》があったんだ？」

わたしは泣《な》きそうになるのをこらえながら、しぼりだすように言《い》った。

「……昔《むかし》のことを見《み》たの」

「昔《むかし》のこと？」

「たぶん、昔《むかし》の記憶《きおく》……それが映画《えいが》みたいに流《なが》れて、わたしが見《み》たお母《かあ》さんとか……御影君《みかげくん》が見《み》た、白魔女《しろまじょ》のお母《かあ》さんとか、見《み》て……それで……それで、お母《かあ》さんが炎《ほのお》に飲《の》まれて消《き》えちゃったの……御影君《みかげくん》の炎《ほのお》に――」

ドォオン！　突然《とつぜん》、大《おお》きな音《おと》が響《ひび》いて、建物《たてもの》が激《はげ》しくゆれた。

「きゃ!?」

天井《てんじょう》から下《さ》がっているライトがゆれている。こんな大《おお》きなビルが振動《しんどう》するなんて、いったい何《なに》が起《お》こってるの？

セレナさんがベールをひるがえして言《い》った。

「さて、行《い》くわよん☆」

「え？　どこへ……？」

「外《そと》。ひとまず避難《ひなん》しなきゃ、でしょ？」

スターヒルズから出《で》ると、雨《あめ》がまだ降《ふ》りつづいていた。

雨《あめ》に混《ま》じって、空《そら》から赤《あか》いものが降《ふ》ってくる。

「これは、火《ひ》の粉《こ》……？」

見上《みあ》げると、空《そら》が真《ま》っ赤《か》に染《そ》まっていた。上《うえ》で何《なに》かが燃《も》えている。

「ここは危《あぶ》ない。いったん離《はな》れよう」

零士君《れいじくん》にうながされて、スターヒルズの近《ちか》くにある広場《ひろば》を目指《めざ》して走《はし》った。

車道《しゃどう》では、動《うご》けない車《くるま》がクラクションを鳴《な》らしている。なぜか信号《しんごう》がすべて赤《あか》になっていた。車《くるま》用《よう》も、歩行者用《ほこうしゃよう》も、ずっと赤《あか》で進《すす》めない。

他《ほか》にも街灯《がいとう》やショーウィンドウのガラス、カーブミラーなど、光《ひか》るものや光《ひかり》を反射《はんしゃ》するものがなぜか赤《あか》くなっている。その赤《あか》くなっているところから、ケケッと笑《わら》い声《ごえ》のような声《こえ》が聞《き》こえた。よく見《み》ると、テニスボールくらいの赤《あか》い火《ひ》の玉《たま》が、道《みち》をコロコロ転《ころ》がったり、ポーンポーンと跳《は》ねたりしながら、赤《あか》をひろげていく。まるで小《ちい》さな子供《こども》たちが楽《たの》しげに遊《あそ》んでいるみたいだ。

「あれは……？」

そのとき火《ひ》の玉《たま》たちがわたしの方《ほう》をいっせいに見《み》て、くわっと牙《きば》をむきながら襲《おそ》いかかってきた。

虎鉄君《こてつくん》が風《かぜ》の魔法《まほう》で火《ひ》の玉《たま》たちを吹《ふ》き飛《と》ばして言《い》った。

「弱《よわ》っちいが、町中《まちじゅう》にいやがる。やっかいなグールだな」

「グール？　いまの、グールなの？」

「ああ。炎《ほのお》のグールだ」

すごく嫌《いや》な予感《よかん》がした。町《まち》を赤《あか》く染《そ》める炎《ほのお》のグール……まさか。

広場《ひろば》に到着《とうちゃく》し、ふり向《む》いて目《め》にとびこんできた光景《こうけい》にわたしは身震《みぶる》いした。

スターヒルズの屋上《おくじょう》で大《おお》きな炎《ほのお》が燃《も》えていて、空《そら》や町《まち》を真《ま》っ赤《か》に染《そ》めている。まるで巨大《きょだい》なろうそくが燃《も》えているみたいだ。

炎《ほのお》の中心《ちゅうしん》に何《なに》かが見《み》える。つり上《あ》がった赤《あか》いふたつの目《め》が爛々《らんらん》と光《ひか》っている。見《み》たこともない、この世《よ》のものとは思《おも》えない、大《おお》きな獣《けもの》がうなっている。

「あれは……何《なに》？」

虎鉄君《こてつくん》が苦々《にがにが》しい顔《かお》でつぶやいた。

「御影《みかげ》だ」

わたしが知《し》っている御影君《みかげくん》とは姿形《すがたかたち》がまったく違《ちが》う。人《ひと》の姿《すがた》でもなく、猫《ねこ》の姿《すがた》でもなく——炎《ほのお》の獣《けもの》だった。

さらに嫌《いや》な予感《よかん》が的中《てきちゅう》したことを、零士君《れいじくん》が告《つ》げる。

「御影《みかげ》が、炎《ほのお》のグールを発生《はっせい》させている」

獣《けもの》が発《はっ》している炎《ほのお》から、炎《ほのお》のグールがひとつ、またひとつと生《う》まれ、町《まち》のあちこちへと飛《と》んでいく。

わたしはへなへなとその場《ば》に座《すわ》りこんだ。わたしを狙《ねら》って襲《おそ》いかかってくるグール——それを御《み》影君《かげくん》が生《う》み出《だ》しているなんて。しかもそのせいで町《まち》が大変《たいへん》なことになっている。ショックが大《おお》きすぎて、気持《きも》ちをどう立《た》て直《なお》したらいいのかわからない。

「どうしよう……どうすればいいの？」

動揺《どうよう》しながらつぶやくと、セレナさんがブレスレットをジャランと鳴《な》らして、わたしに言《い》った。

「占《うらな》ってあげましょうか？」

「え？」

「世《よ》の中《なか》には悩《なや》みがいっぱい、迷《まよ》うこともいっぱい！　そういうときこそ占《うらな》いよ！　そのためにわたしはいる、だって、わたしは運命《うんめい》の占《うらな》い師《し》だから！」

その言葉《ことば》はこのうえもない助《たす》けのように思《おも》えた。セレナさんの星占《ほしうらな》いはよく当《あ》たる。その腕《うで》はお母《かあ》さんも認《みと》めていた。そうだよ、セレナさんならきっと、いい方法《ほうほう》を教《おし》えてくれるに違《ちが》いない。

わたしはすがるように問《と》いかけた。

「セレナさん、教《おし》えてください！　わたし、どうしたらいいですか？」

セレナさんはにんまりと笑《わら》った。

「占《うらな》いをご所望《しょもう》ね？　いいわよんっ！　あなたの運命《うんめい》、このミス＝セレナが教《おし》えてあ・げ・る☆」

セレナさんの手《て》にある水晶玉《すいしょうだま》が紫色《むらさきいろ》に光《ひか》る。その光《ひかり》から力《ちから》を感《かん》じた。

「あれは……！」

零士君《れいじくん》が説明《せつめい》してくれた。

「あの水晶玉《すいしょうだま》は魔法具《まほうぐ》、彼女《かのじょ》は魔力《まりょく》と魔法具《まほうぐ》の水晶玉《すいしょうだま》を使《つか》って星占《ほしうらな》いをしている」

虎鉄君《こてつくん》は特《とく》におどろく様子《ようす》もなく言《い》う。

「ま、当《あ》たるわけだわな。魔法《まほう》で占《うらな》ってるんだから」

「魔法《まほう》で星占《ほしうらな》いを……！」

もしかして、セレナさんも魔女《まじょ》なの⁉

セレナさんはテレビで見《み》るのと同《おな》じように舞《ま》い踊《おど》り、その手《て》にある水晶玉《すいしょうだま》が魔力《まりょく》で輝《かがや》いた。

「あなたの運勢《うんせい》、ズバンと占《うらな》っちゃうわよん！」

セレナさんはわたしをビシッと指《さ》して、占《うらな》いの結果《けっか》を告《つ》げた。

「天ヶ瀬《あまがせ》リンさん、あなたがとるべき道《みち》はただひとつ——あなたの魔法《まほう》で、あの炎《ほのお》の悪魔《あくま》を退治《たいじ》しちゃって！」

7

衝撃的《しょうげきてき》な占《うらな》い結果《けっか》に、わたしはあぜんとした。

「た、退治《たいじ》……？」

「そうよん♪　だって、あれは邪悪《じゃあく》な悪魔《あくま》だから。あれをほっといたらみんなが不幸《ふこう》になっちゃうから。あなたにはあの悪魔《あくま》を退治《たいじ》できる魔力《まりょく》がある。だからあれをやっつけてちょうだいっ☆」

わたしは勢《いきお》いよく頭《あたま》を横《よこ》にふった。

「そんな……そんなこと、できません！」

「あら、どうして？」

「御影君《みかげくん》は邪悪《じゃあく》なんかじゃありません！」

「お母《かあ》さんが燃《も》やされちゃったのに？」

わたしはとっさに返《かえ》す言葉《ことば》が思《おも》いつかず、言《い》いつまった。何《なに》を言《い》えばいいのか、どうしたらいいのか、何《なに》もわからない。でも……だからって、御影君《みかげくん》を退治《たいじ》するなんて。

セレナさんはやれやれと肩《かた》をすくめた。

「あなた、思《おも》いっきり悪魔《あくま》に誘惑《ゆうわく》されちゃってるわね～」

「え？」

「悪魔《あくま》って、とってもイケメンでしょ♡　その魅力的《みりょくてき》な姿《すがた》と甘《あま》い言葉《ことば》で人《ひと》の心《こころ》を惑《まど》わして、そして不幸《ふこう》に誘《さそ》いこむ。それが悪魔《あくま》って生《い》き物《もの》なのよん☆」

わたしは言葉《ことば》をなくした。

学園《がくえん》の女《おんな》の子《こ》たちは、みんなこぞって３人《にん》に夢中《むちゅう》になる。それが全部《ぜんぶ》、悪魔《あくま》の力《ちから》だっていうの？

わたしもその力《ちから》で誘惑《ゆうわく》されてるの……？

「特《とく》に、赤《あか》い瞳《ひとみ》の悪魔《あくま》は要注意《ようちゅうい》よん☆　あれは悪魔《あくま》からも恐《おそ》れられる禁忌《きんき》の悪魔《あくま》。その赤《あか》い瞳《ひとみ》で相《あい》手《て》の心《こころ》を自由自在《じゆうじざい》にあやつり、その炎《ほのお》で世界《せかい》を滅《ほろ》ぼすと言《い》われているわ。しかも黒猫《くろねこ》、不吉《ふきつ》のオンパレードじゃない」

「違《ちが》います！　御影君《みかげくん》は不吉《ふきつ》なんかじゃ……！」

「西洋《せいよう》の歴史《れきし》や物語《ものがたり》、映画《えいが》でもよくあるでしょ？　悪魔退治《あくまたいじ》のお話《はなし》が。そういうもので証明《しょうめい》されているじゃない、悪魔《あくま》は怖《こわ》くて悪《わる》いものだって。乱暴《らんぼう》で、冷酷《れいこく》で、自己《じこ》チューで残忍《ざんにん》――」

「いいかげんにしろ」

虎鉄君《こてつくん》が不愉快《ふゆかい》をあらわに、セレナさんの話《はなし》をさえぎった。

「黙《だま》って聞《き》いてりゃあ、好《す》き勝手《かって》言《い》いやがって。俺《おれ》らをそこらの悪魔《あくま》と一緒《いっしょ》にすんじゃねえ」

「悪魔《あくま》は悪魔《あくま》でしょ？」

零士君《れいじくん》が冷《ひ》ややかに言《い》う。

「あなたが悪魔《あくま》をどう思《おも》おうがあなたの勝手《かって》。僕《ぼく》らのことをどう蔑《さげす》もうとかまわないが、偏見《へんけん》に満《み》ちたその価値観《かちかん》をリンに押《お》しつけないでもらいたい」

「ノンノン、これは一般論《いっぱんろん》よ。悪魔《あくま》は悪《わる》いもので、危険《きけん》なもの。関係《かんけい》がうまくいっているときはいいけど、うまくいかなくなったらとっても怖《こわ》い存在《そんざい》になる。あんなふうにね」

セレナさんは炎《ほのお》を指《ゆび》さす。

炎《ほのお》はさらに大《おお》きくなっていて、空《そら》まで焦《こ》がしそうな勢《いきお》いだ。

「このままじゃ町《まち》が燃《も》やされちゃうわ。あなた、白魔女《しろまじょ》になりたいんでしょう？　だったら禁忌《きんき》の悪魔《あくま》を倒《たお》して、町《まち》の人《ひと》たちを守《まも》ってちょうだい☆」

白魔女《しろまじょ》にはなりたいし、町《まち》の人《ひと》たちもほうってはおけない。

でもそのために御影君《みかげくん》を倒《たお》すなんて……！

胸《むね》が苦《くる》しくなってきたとき、人形《にんぎょう》の蘭《らん》ちゃんが声《こえ》をはりあげた。

「やめなさいよ、占《うらな》い師《し》！　あなた、なんでもわかってるなら、リンと悪魔《あくま》たちの関係《かんけい》も知《し》ってるんでしょう？」

セレナさんはさらりと答《こた》えた。

「ええ。知《し》ってるわ」

「だったら、リンに悪魔《あくま》の退治《たいじ》なんてできるわけないってわかるでしょう？　なのに、どうしてそんなひどいことさせようとするの!?」

「なんだろうと、悪魔《あくま》がいるとみんなが困《こま》るからよ。それは幽霊《ゆうれい》も同《おな》じ。あなた、いつまでもこの世界《せかい》にいたら、いずれ誰《だれ》かを呪《のろ》うことになるわよ」

「もう呪《のろ》っちゃったわよ！　リンをうらやんで、憎《にく》んで、呪《のろ》い殺《ころ》そうとしたわよ！　それでもリンは、友達《ともだち》になろうって言《い》ってくれた！」

蘭《らん》ちゃんは人形《にんぎょう》の小《ちい》さな身体《からだ》で力《ちから》いっぱい、セレナさんに怒鳴《どな》った。

「わたしの友達《ともだち》をいじめたら、許《ゆる》さないから！」

わたしは蘭《らん》ちゃんを両手《りょうて》にとって、ぎゅっと胸《むね》に抱《だ》きしめた。

「蘭《らん》ちゃん……ありがとう」

蘭《らん》ちゃんは目《め》から涙《なみだ》をぽろぽろこぼしながら、唇《くちびる》をかみしめた。

「ごめん、リン……友達《ともだち》なのに、何《なに》もできなくて」

「ううん。そんなことないよ。蘭《らん》ちゃんのおかげで思《おも》い出《だ》したよ……——大切《たいせつ》なこと」

わたしはセレナさんと向《む》き合《あ》って、思《おも》っていることを話《はな》した。

「セレナさん、わたしは『星《ほし》』を守《まも》りたいんです」

「星《ほし》？」

「蘭《らん》ちゃんが、わたしを憎《にく》んでも、わたしのために怒《おこ》って泣《な》いてくれる……そういう優《やさ》しい気持《きも》ちって、星《ほし》みたいだなって思《おも》うんです。優《やさ》しさとか、夢《ゆめ》とか、勇気《ゆうき》とか……そういうものが人《ひと》を輝《かがや》かせて、他《ほか》の人《ひと》も照《て》らして……幸《しあわ》せとか喜《よろこ》びが生《う》まれると思《おも》うんです。星《ほし》は、悪魔《あくま》にもあります」

御影君《みかげくん》がくれた優《やさ》しさやぬくもり、安心《あんしん》や喜《よろこ》び……それらはわたしの心《こころ》や全身《ぜんしん》に残《のこ》っている。苦《くる》しいときや悲《かな》しいときにこそ、光《ひかり》を放《はな》って照《て》らしてくれる――暗闇《くらやみ》で光《ひか》り輝《かがや》く星《ほし》のように。

「セレナさんや世《よ》の中《なか》の人《ひと》たちにとって悪魔《あくま》は悪《わる》いものでも、わたしにとっては違《ちが》います」

「悪魔《あくま》はこの世界《せかい》で魔力《まりょく》をふるいたいがために、魔女《まじょ》の力《ちから》を利用《りよう》するのよ。あなた、利用《りよう》されちゃってるだけよ」

「それでもいいです」

「お母《かあ》さんのかたきでも？」

頭《あたま》にお母《かあ》さんが炎《ほのお》に包《つつ》まれた光景《こうけい》がよぎって、心《こころ》がぐらりとゆれる。

「本当《ほんとう》にそうなら……すごくショックです。そのことを考《かんが》えると、苦《くる》しくなって、心《こころ》の中《なか》がざわっとします。――でも」

わたしは胸元《むなもと》を手《て》でぐっと押《お》さえ、心《こころ》のゆれを抑《おさ》えつけた。

「でも、そうだとしても……いままで御影君《みかげくん》がわたしを守《まも》ってくれたことや、優《やさ》しくしてくれたことは、消《き》えません」

「白魔女《しろまじょ》っていうのはね、困《こま》ってる人《ひと》たちを助《たす》けるものよ。悪魔《あくま》や悪魔《あくま》がもたらす災《わざわ》いを防《ふせ》ぐのも役目《やくめ》。あなた、白魔女《しろまじょ》になりたいんじゃないの？」

「白魔女《しろまじょ》になりたいと思《おも》ったのは、御影君《みかげくん》と会《あ》ったからです」

御影君《みかげくん》が楽《たの》しいと思《おも》えるような世界《せかい》にしたい……そう思《おも》ったのが最初《さいしょ》のきっかけ。

それが、わたしの夢《ゆめ》の始《はじ》まりだった。

「御影君《みかげくん》がいなきゃ、白魔女《しろまじょ》になる意味《いみ》がないんです」

炎《ほのお》の獣《けもの》が吠《ほ》える声《こえ》が、町《まち》に恐《おそ》ろしげに響《ひび》きわたる。でもわたしには苦《くる》しそうな声《こえ》に聞《き》こえる。

燃《も》え盛《さか》る炎《ほのお》を見上《みあ》げて、わたしは決意《けつい》した。

「御影君《みかげくん》を助《たす》けに行《い》きます！」

そしてふりむいて、ふたりの悪魔《あくま》にお願《ねが》いした。

「虎鉄君《こてつくん》、零士君《れいじくん》、力《ちから》を貸《か》してくれる？」

ふたりは力強《ちからづよ》くうなずく。

「もちろんだ」

「んじゃ、箒《ほうき》に乗《の》って、あのバカを止《と》めに行《い》くか」

セレナさんはふたりに言《い》った。

「ねえ、悪魔君《あくまくん》たちはそれでいいわけ？　あなたたち3人《にん》はこの子《こ》の婚約者《こんやくしゃ》で、結婚《けっこん》をめぐって争《あらそ》ってるんでしょ？　彼女《かのじょ》があなたたちのライバルを助《たす》けたいっていうのを聞《き》いて、平気《へいき》なわけ？」

わたしはハッとして、ふたりを見《み》た。

虎鉄君《こてつくん》がいつものように微笑《ほほえ》みながら、わたしの頭《あたま》にぽんと手《て》を置《お》いた。

「なあ、リン。リンがそうやって頼《たよ》ってくれるのってさ、俺《おれ》たちを信《しん》じてるからだろ？」

「え？……うん」

「それって、すごいことなんだぜ。悪魔《あくま》だってわかっていながら、なんの警戒《けいかい》もせず、疑《うたが》いもせず、笑顔《えがお》で受《う》け入《い》れちまう」

わたしは目《め》をぱちくりとした。だって3人《にん》はいままでわたしを何度《なんど》も守《まも》ってくれた。信《しん》じるのはあたりまえだよ。でも、ふつうはそうじゃないらしい。

「フツーは悪魔《あくま》って聞《き》いただけでめちゃくちゃ警戒《けいかい》されるし、嫌《きら》われる。あの星占《ほしうらな》い師《し》の言《い》うとおり、悪魔《あくま》は乱暴《らんぼう》で冷酷《れいこく》で、災難《さいなん》をもたらす悪《あ》しき存在《そんざい》だからな。実際《じっさい》、そういう悪魔《あくま》が大多数《だいたすう》だからしょうがねーんだけど。でも、俺《おれ》らだって、好《す》きで悪魔《あくま》になったわけじゃない」

虎鉄君《こてつくん》の明《あか》るい瞳《ひとみ》が、ほんの一瞬《いっしゅん》、淋《さび》しそうになる。

「リンが御影《みかげ》を助《たす》けるために行《い》くっつーのは……そりゃあ、男《おとこ》としちゃあ胸《むね》ん中《なか》がざわっとするさ。でも同時《どうじ》に、リンが悪魔《あくま》を見捨《みす》てないで助《たす》けにいくと言《い》ってくれるのがうれしくもあるんだ。御影《みかげ》は禁忌《きんき》の悪魔《あくま》で、困《こま》った奴《やつ》で超《ちょう》ムカつくけど、悪魔《あくま》という同類《どうるい》としちゃあ、なんとかしてやりたいとも思《おも》う。まあ、それがリンの言《い》うところの、俺《おれ》の星《ほし》ってヤツだな」

「虎鉄君《こてつくん》……」

零士君《れいじくん》が冷静《れいせい》な口調《くちょう》で話《はな》しはじめた。

「リン、君《きみ》が見《み》たという、カルラが御影《みかげ》の炎《ほのお》に包《つつ》まれた映像《えいぞう》……それは、誰《だれ》が、なんのために君《きみ》に見《み》せたのだと思《おも》う?」

「え?」

「重大《じゅうだい》な隠《かく》し事《ごと》をしていた御影《みかげ》にも問題《もんだい》はあるが、最大問題《さいだいもんだい》は、誰《だれ》かがわざわざ御影《みかげ》の過去《かこ》を暴《あば》き、それを君《きみ》に見《み》せたということだ」

わたしはハッとし、思《おも》い出《だ》した。

あの映像《えいぞう》を見《み》せられて御影君《みかげくん》がいなくなった後《あと》、頭《あたま》に低《ひく》い声《こえ》が響《ひび》いてきた。

「そういえば……声《こえ》が聞《き》こえた。学園《がくえん》で何度《なんど》も聞《き》いたことがある、あの声《こえ》だった!」

零士君《れいじくん》はうなずいた。

「リンを狙《ねら》う敵《てき》は、婚約者《こんやくしゃ》である僕《ぼく》ら3人《にん》を君《きみ》から引《ひ》き離《はな》そうとしているように思《おも》える。この前《まえ》のかたつむりのグールのときは、僕《ぼく》らの力《ちから》をそぐ作戦《さくせん》だった。今回《こんかい》の目的《もくてき》はおそらく、君《きみ》と御影《みかげ》が結《むす》ばれるのをはばみ、決裂《けつれつ》させることにある」

わたしは見《み》せられた映像《えいぞう》にショックを受《う》けてばかりだったけど、それが相手《あいて》の策略《さくりゃく》だった——そう考《かんが》えると、今回《こんかい》の出来事《できごと》はまったく違《ちが》って見《み》えてくる。

「それからもうひとつ。御影《みかげ》が禁忌《きんき》の悪魔《あくま》で、恐《おそ》るべき禁忌《きんき》の力《ちから》を持《も》っていることは事実《じじつ》だが、カルラもまた、あらゆる魔法《まほう》を駆使《くし》する有能《ゆうのう》な白魔女《しろまじょ》だった。相手《あいて》が禁忌《きんき》の悪魔《あくま》といえど、なんの抵《てい》抗《こう》もせずその力《ちから》に飲《の》みこまれるのは不自然《ふしぜん》きわまりない」

そうだ。あのとき、お母《かあ》さんは何《なに》もしなかった。魔法《まほう》を使《つか》うことなく、かわすこともせず、ただ炎《ほのお》に飲《の》みこまれて消《き》えた。

「何《なに》かわけがあるように思《おも》える。僕《ぼく》にはあのカルラが、御影《みかげ》の炎《ほのお》で命《いのち》を落《お》としたとはどうしても思《おも》えないんだ」

その意見《いけん》に、虎鉄君《こてつくん》もうなずいた。

「俺《おれ》もそう思《おも》うぜ。カルラはおとなしく燃《も》やされるようなタマじゃねえからな」

「御影《みかげ》がカルラの命《いのち》を奪《うば》ったと結論《けつろん》づけるには、あまりに疑問《ぎもん》が多《おお》すぎる。疑問《ぎもん》が解消《かいしょう》できない限《かぎ》り、その結論《けつろん》は信《しん》じるに値《あたい》しない」

わたしはこみあげてくる涙《なみだ》をこらえながら、零士君《れいじくん》に問《と》いかけた。

「お母《かあ》さんが亡《な》くなったのは、御影君《みかげくん》のせいじゃないってこと……？」

「僕《ぼく》はそう思《おも》う。確《かく》たる証拠《しょうこ》はないが……これで君《きみ》の心《こころ》のざわつきが、少《すこ》しは晴《は》れるだろうか」

たまらず涙《なみだ》がこぼれて、わたしは零士君《れいじくん》の胸《むね》に抱《だ》きついた。

零士君《れいじくん》がめずらしくとまどって、その顔《かお》がほんのり赤《あか》くなる。

「⁉ リ、リン……！」

心《こころ》をきしませていた雑音《ざつおん》が消《き》え、かかっていたもやが晴《は》れていくようだった。

お母《かあ》さんの命《いのち》を奪《うば》ったのは御影君《みかげくん》じゃない──わたしがいま一番欲《いちばんほ》しかった言葉《ことば》を、零士君《れいじくん》はくれた。

「ありがとう……ありがとう、零士君《れいじくん》」

「う……いや……──ああ」

零士君《れいじくん》が顔《かお》を赤《あか》くしながら、わたしの感謝《かんしゃ》の気持《きも》ちを受《う》けとるように、そっとわたしを腕《うで》で包《つつ》みこんでくれた。そしてハンカチでわたしの涙《なみだ》をぬぐって言《い》った。

「急《いそ》ごう」

「うん」

そのとき背後《はいご》から誰《だれ》かがわたしの鞄《かばん》をひょいっととった。

「じゃあ、あなたたちが行《い》ってる間《あいだ》、荷物《にもつ》と幽霊《ゆうれい》ちゃんはわたしが預《あず》かっといてあげる♪」

ふりむくと、セレナさんが蘭《らん》ちゃんとわたしの鞄《かばん》を手《て》にとって、にっこり笑《わら》った。

「何《なに》もしやしないわよ。わたしはただ見《み》たいだけ。占《うらな》いに逆《さか》らうあなたが、どういう結末《けつまつ》を迎《むか》えるのか☆」

蘭《らん》ちゃんが鞄《かばん》の中《なか》から顔《かお》を出《だ》して言《い》った。

「行《い》って、リン。わたしは大丈夫《だいじょうぶ》だから。戻《もど》ってきたら、また一緒《いっしょ》に写真《しゃしん》を撮《と》ろうよ」

蘭《らん》ちゃんはみんなが写《うつ》っている写真《しゃしん》を大事《だいじ》そうに持《も》って、

「わたしね、友達《ともだち》とこんなふうに写真《しゃしん》に写《うつ》るのって初《はじ》めてなの……ほら、ずっと病院《びょういん》にいたから。だから、また撮《と》りたいなって……心霊写真《しんれいしゃしん》になっちゃうけど」

わたしは思《おも》わず笑《わら》った。

「うん、撮《と》ろうよ。みんなでいろんなところへ行《い》って、いろんなことをやって、記念写真《きねんしゃしん》をたくさん撮《と》って、アルバム作《つく》ろうよ」

「約束《やくそく》だからね。星占《ほしうらな》い部《ぶ》の部員全員《ぶいんぜんいん》、絶対戻《ぜったいもど》ってくるのよ」

「うん、約束《やくそく》」

わたしは蘭《らん》ちゃんと指切《ゆびき》りをし、そして上空《じょうくう》で燃《も》えている炎《ほのお》を見上《みあ》げた。

8

わたしは金色《きんいろ》のウエディングドレスをまとって箒《ほうき》に乗《の》り、スターヒルズの屋上《おくじょう》をめざした。

上空《じょうくう》からは激《はげ》しい熱風《ねっぷう》が吹《ふ》きおりてきて、灼熱《しゃくねつ》の嵐《あらし》の中《なか》を飛《と》んでいるような感《かん》じだ。

さらにときおり炎《ほのお》のグールが上《うえ》から飛《と》びかかってくる。

「どけ！　ジェットストーム！」

後《うし》ろに乗《の》っている虎鉄君《こてつくん》が風《かぜ》の魔法《まほう》を放《はな》ち、グールをはらいのけながら、熱風《ねっぷう》を押《お》し返《かえ》そうとする。でも熱風《ねっぷう》が強《つよ》いのか、なかなか上昇《じょうしょう》できない。

箒《ほうき》の柄《え》の先端《せんたん》に乗《の》っている白猫《しろねこ》が、指示《しじ》をくれた。

「リン、いったん離《はな》れて上昇《じょうしょう》し、上空《じょうくう》から近《ちか》づくんだ」

「うん！」

言《い》われたとおり箒《ほうき》を動《うご》かし、ビルより上《うえ》の上空《じょうくう》へと飛《と》ぶ。そして空《そら》からビルを見下《みお》ろして、わたしは息《いき》を飲《の》んだ。

地上《ちじょう》からじゃわからなかったけど、上空《じょうくう》から見《み》てわかった。

屋上《おくじょう》にいる炎《ほのお》の獣《けもの》はドーム状《じょう》の灰色《はいいろ》の透《す》きとおった檻《おり》に囲《かこ》まれて、身動《みうご》きできなくされていた。

「あれは……何《なに》？」

零士君《れいじくん》が顔《かお》をしかめながら教《おし》えてくれた。

「魔法《まほう》で作《つく》られた檻《おり》だ。御影《みかげ》を閉《と》じこめ、魔力《まりょく》を奪《うば》いとってグールを生《う》み出《だ》している」

炎《ほのお》を吸収《きゅうしゅう》した檻《おり》の隙間《すきま》から、炎《ほのお》のグールがぽろぽろと生《う》まれ出《で》ている。

虎鉄君《こてつくん》が怒《いか》りをあらわにつぶやいた。

「くっそ、悪魔《あくま》になんてことしやがる……！」

御影君《みかげくん》は檻《おり》の中《なか》でうずくまってうなっている。雨《あめ》に打《う》たれて苦《くる》しみながら、自分《じぶん》の力《ちから》を必死《ひっし》に抑《おさ》えようとしているように見《み》えた。

「御影君《みかげくん》！」

わたしは声《こえ》をはりあげて呼《よ》びかけた。

「御影君《みかげくん》っ！　御影《みかげ》く――ん！」

でも、いくら呼《よ》んでも御影君《みかげくん》は反応《はんのう》しない。声《こえ》は届《とど》いていないみたいだ。

近《ちか》づこうにも檻《おり》と炎《ほのお》に邪魔《じゃま》されて近《ちか》づけない。

突破口《とっぱこう》が見《み》つからずビルの周囲《しゅうい》を飛《と》んでいると、あざ笑《わら》う声《こえ》が聞《き》こえた。

——**無駄《むだ》だ。**

わたしはキッとなって頭《あたま》に響《ひび》く声《こえ》に反論《はんろん》した。

「どうしてこんなことするの？」

最初《さいしょ》は、理由《りゆう》のわからない悪意《あくい》を向《む》けられることがすごく怖《こわ》かった。でもいまは、怖《こわ》さをかき消《け》すほどの強《つよ》い感情《かんじょう》が胸《むね》にわいている。

「どうして御影君《みかげくん》を苦《くる》しめるの？」

——**あれは忌《い》まわしき禁忌《きんき》の悪魔《あくま》だ。おまえの母親《ははおや》は奴《やつ》に——。**

「あなたの言《い》うことなんか、信《しん》じない！」

言《い》い返《かえ》して、わたしは虎鉄君《こてつくん》と零士君《れいじくん》に言《い》った。

「わたし、御影君《みかげくん》に話《はな》したいことがあるの」

毎日一緒《まいにちいっしょ》にいておしゃべりはたくさんしたけど、でも一番大事《いちばんだいじ》なことを伝《つた》えていない。

「だから、行《い》くね！」

炎《ほのお》が燃《も》える屋上《おくじょう》に向《む》かって、一直線《いっちょくせん》に箒《ほうき》を進《すす》ませた。

屋上《おくじょう》の端《はし》へ降《お》り立《た》つと、白猫《しろねこ》が零士君《れいじくん》の姿《すがた》になって言《い》った。

「虎鉄《こてつ》、交代《こうたい》だ」

「オーライ」

わたしは零士君《れいじくん》と手《て》をとり合《あ》い、金《きん》のドレスから、青《あお》のウエディングドレスへと替《か》わった。

「フレイルザザン！」

零士君《れいじくん》は吹雪《ふぶき》で熱《ねつ》をふせぎながら言《い》った。

「リン、弓矢《ゆみや》を」

「はい」

ミランコールの呪文《じゅもん》で弓矢《ゆみや》をとり出《だ》し、わたしは矢《や》を弓《ゆみ》につがえ、そして魔力《まりょく》をこめて矢《や》を檻《おり》に向《む》かって放《はな》つ。矢《や》が檻《おり》に突《つ》き刺《さ》さり、檻《おり》にヒビが入《はい》って一部分《いちぶぶん》が開《ひら》いた。

「御影君《みかげくん》！」

呼《よ》びかけると、炎《ほのお》の獣《けもの》が赤《あか》い目《め》をこちらに向《む》けた。

「御影君《みかげくん》、そっちへ行《い》くよ！」

「来《く》るなぁ！」

雷鳴《らいめい》のような怒鳴《どな》り声《ごえ》に、わたしはびくっとした。

「来《く》るな……俺《おれ》に近《ちか》づくな……！」

炎《ほのお》の獣《けもの》が激《はげ》しく燃《も》えながら、わたしを拒絶《きょぜつ》した。誰《だれ》もが恐《おそ》ろしいと感《かん》じるだろうその姿《すがた》から、わたしは優《やさ》しさを感《かん》じた。拒《こば》んで、わたしを守《まも》ろうとしてくれているのがわかる。

だからこそ、そばに行《い》かないと。

だけど熱《あつ》さに阻《はば》まれてなかなか近《ちか》づけない。

零士君《れいじくん》が氷《こおり》の盾《たて》で炎《ほのお》を防《ふせ》ぎ、わたしを背《せ》にかばいながら、御影君《みかげくん》に語《かた》りかけた。

「御影《みかげ》、天ヶ瀬《あまがせ》カルラがなぜ3人《にん》の悪魔《あくま》をリンの婚約者《こんやくしゃ》にしたか、わかるか？」

わたしははっとして零士君《れいじくん》の背《せ》を見《み》つめる。

「最初《さいしょ》は、よりよい結婚相手《けっこんあいて》をリンに選《えら》ばせるためだと思《おも》った。しかし強力《きょうりょく》なグールたちの度重《たびかさ》なる襲撃《しゅうげき》を受《う》けるうちに、僕《ぼく》はカルラの真意《しんい》を理解《りかい》した。3人《にん》、必要《ひつよう》なんだ。悪魔《あくま》3人《にん》が力《ちから》を合《あ》わせなければ守《まも》れない——それほど強大《きょうだい》な力《ちから》を持《も》つ何者《なにもの》かが、リンを狙《ねら》っているということだ」

炎《ほのお》に溶《と》けていく氷《こおり》の盾《たて》で踏《ふ》んばりながら、零士君《れいじくん》は叫《さけ》んだ。

「これもリンに危害《きがい》を加《くわ》えるための敵《てき》の策略《さくりゃく》だ！　リンを守《まも》りたいなら、さっさと戻《もど》れ！」

炎《ほのお》の獣《けもの》が苦《くる》しそうにうなり、顔《かお》を伏《ふ》せてうずくまる。その身体《からだ》から噴《ふ》き出《だ》す炎《ほのお》はおさまる気配《けはい》がなく、勢《いきお》いを増《ま》してごうごうと音《おと》をたてて燃《も》える。自分《じぶん》でも力《ちから》を抑《おさ》えられないみたいだ。

そのとき、虎鉄君《こてつくん》がそばに来《き》てわたしを抱《だ》き寄《よ》せた。

「きゃあ!?」

炎《ほのお》の獣《けもの》がハッとしたように顔《かお》をあげ、赤《あか》い瞳《ひとみ》がこちらを見《み》た。

「零士《れいじ》、こんなバカに何言《なにい》ったって無駄《むだ》だ。もうほっとこーぜ。敵《てき》は俺《おれ》とおまえでなんとかすりゃいいだけのことだ。力《ちから》のコントロールもできねえ能無《のうな》しなんか、いたって役《やく》に立《た》たねーよ。何《なに》が『リンを守《まも》る』だ。しょせん、禁忌《きんき》の悪魔《あくま》にゃ無理《むり》だったってことだな」

虎鉄君《こてつくん》の優《やさ》しい本心《ほんしん》はさっき聞《き》いている。これはわざと御影君《みかげくん》を挑発《ちょうはつ》してるんだ。

それにあおられて炎《ほのお》の獣《けもの》の炎《ほのお》が大《おお》きくふくれあがり、うなり声《ごえ》に怒《いか》りがこもる。

「そうやってボーボー燃《も》えて、燃《も》え尽《つ》きて、灰《はい》になって消《き》えちまえ。俺《おれ》にとっちゃあ好都合《こうつごう》だ。結《けっ》婚《こん》レースのライバルが自分《じぶん》から脱落《だつらく》してくれんだからよ」

虎鉄君《こてつくん》がわたしをぐいっと引《ひ》き寄《よ》せて、身体《からだ》を密着《みっちゃく》させてきた。

ドッキーン！　心臓《しんぞう》が跳《は》ね上《あ》がる。こ、これはちょっと密着《みっちゃく》しすぎではないですか⁉　動揺《どうよう》していると、虎鉄君《こてつくん》はわたしの髪《かみ》をかきあげて、耳《みみ》にフッと息《いき》を吹《ふ》きかけてきた。

「ひゃう⁉」

ぞわっとして変《へん》な声《こえ》が出《で》てしまった。

「かわいい声《こえ》、いい匂《にお》い……あ〜我慢《がまん》できなくなってきた。リンに選《えら》ばれるのを待《ま》とうと思《おも》ったけど、さっさとキスして結婚《けっこん》しちまうか」

虎鉄君《こてつくん》はわたしのあごをつかんで唇《くちびる》を寄《よ》せてきた。

「そうしよーっと」

わたしと虎鉄君《こてつくん》の唇《くちびる》がふれ合《あ》いそうになったとき、炎《ほのお》がうなり、吠《ほ》えた。炎《ほのお》の獣《けもの》が吠《ほ》えながらヒビの入《はい》った檻《おり》に体当《たいあ》たりして突《つ》き破《やぶ》り、こっちへ突進《とっしん》してくる。

虎鉄君《こてつくん》がおでことおでこをコツンとつけて、小声《こごえ》で言《い》った。

「がんばれ、リン」

優《やさ》しい金色《きんいろ》の目《め》で微笑《ほほえ》みながらわたしから離《はな》れ、炎《ほのお》の攻撃《こうげき》をかわして後方《こうほう》へ下《さ》がった。

(ありがとう、虎鉄君《こてつくん》)

憎《にく》まれ役《やく》をやって、御影君《みかげくん》が来《く》るようにしむけてくれて。

炎《ほのお》の獣《けもの》がそばに来《き》た瞬間《しゅんかん》、わたしはその首《くび》にしがみついた。

零士君《れいじくん》の魔法《まほう》でわたしの全身《ぜんしん》は冷気《れいき》でおおわれていたけど、強《つよ》い炎《ほのお》にじりじりと焼《や》かれ、青《あお》のウエディングドレスが溶《と》けていく。でもかまわず、わたしは炎《ほのお》に身《み》をさらしながら、獣《けもの》の耳元《みみもと》に話《はな》しかけた。

「御影君《みかげくん》、ごめんなさい」

獣《けもの》の耳《みみ》がぴくりと動《うご》いた。

「御影君《みかげくん》は悪《わる》くない……悪《わる》いのはわたしだよ。御影君《みかげくん》はいつだってわたしを助《たす》けてくれたのに……わたしが手《て》を離《はな》した。御影君《みかげくん》は何度《なんど》も好《す》きって言《い》ってくれたのに……わたしはいつもちゃんと答《こた》えなかった。ごめんね……いっぱいいっぱい不安《ふあん》にさせて、ごめんね」

御影君《みかげくん》に隠《かく》し事《ごと》があると知《し》って、わからないってすごく不安《ふあん》なんだって気《き》がついた。

何度《なんど》も好《す》きって告白《こくはく》されたのに返事《へんじ》もしないで、御影君《みかげくん》を不安《ふあん》にさせた――禁忌《きんき》の力《ちから》を使《つか》わせてしまったのは、わたしだ。

「聞《き》いたよ。禁忌《きんき》の悪魔《あくま》は、赤《あか》い瞳《ひとみ》で人《ひと》の心《こころ》をあやつって、炎《ほのお》ですべてを燃《も》やして消《け》しちゃうんだって。でも変《か》わらないものがあるよ。どんな力《ちから》でも、何《なに》があっても……わたしの御影君《みかげくん》への気持《きも》ちは変《か》わらないし、絶対《ぜったい》に消《き》えない」

わたしは抱《だ》きしめる両手《りょうて》にぎゅっと力《ちから》をこめて、ずっと胸《むね》にあった想《おも》いを告白《こくはく》した。

「御影君《みかげくん》……――大好《だいす》き」

赤《あか》い瞳《ひとみ》が大《おお》きくゆれて、炎《ほのお》の獣《けもの》が息《いき》を飲《の》む。あれほど激《はげ》しく燃《も》えていた炎《ほのお》がみるみるおさまっていき、そして炎《ほのお》の獣《けもの》は、御影君《みかげくん》の姿《すがた》に戻《もど》った。

御影君《みかげくん》はしがみつくようにわたしを抱《だ》きしめて、声《こえ》を震《ふる》わせながら言《い》った。

「気持《きも》ち……俺《おれ》も消《け》せなかった。リンを好《す》きになっちゃダメだって思《おも》ったけど……もうリンに嫌《きら》われたから、あきらめなきゃダメだと思《おも》ったけど……」

「御影君《みかげくん》を嫌《きら》いになんてならないよ。なれって言《い》われたって無理《むり》だから」

「でも……俺《おれ》のせいで、カルラが——」

「御影君《みかげくん》のせいじゃないよ」

御影君《みかげくん》がハッとわたしの顔《かお》を見《み》る。

「零士君《れいじくん》が言《い》ってたよ。白魔女《しろまじょ》のお母《かあ》さんが、御影君《みかげくん》の炎《ほのお》で消《き》えるとは思《おも》えないって。虎鉄君《こてつくん》が言《い》ってたよ。お母《かあ》さんは黙《だま》って燃《も》やされるようなヤワな魔女《まじょ》じゃないって」

「あいつらが……？」

「お母《かあ》さんに何《なに》があったのか、わたしも知《し》りたい。一緒《いっしょ》に調《しら》べようよ」

御影君《みかげくん》は考《かんが》えこみ、おずおずと問《と》いかけてくる。

「カルラが命《いのち》を落《お》としたのは……俺《おれ》のせいじゃない、のか？」

「違《ちが》うよ。だって禁忌《きんき》の力《ちから》でわたしは心《こころ》を奪《うば》われかけたけど、でも御影君《みかげくん》は結局《けっきょく》、奪《うば》わなかったでしょう？　ちゃんと自分《じぶん》で、自分《じぶん》の力《ちから》を止《と》めた。御影君《みかげくん》は暴走《ぼうそう》しちゃうこともあるけど、ちゃんと自分《じぶん》で止《と》まれる人《ひと》だよ」

ひどい悪魔《あくま》なら、わたしの心《こころ》を奪《うば》って無理矢理結婚《むりやりけっこん》するはずだ。でも御影君《みかげくん》はそんなことは絶対《ぜったい》にしない。

「もし暴走《ぼうそう》しちゃいそうなときがあったら、わたしに言《い》って。苦《くる》しいことやつらいことがあったときも。御影君《みかげくん》がずっとわたしにそうしてくれたみたいに……わたしも御影君《みかげくん》の力《ちから》になりたいの」

わたしは御影君《みかげくん》の両手《りょうて》をぎゅっと握《にぎ》った。

赤《あか》い瞳《ひとみ》が大《おお》きくゆれている。でももう悲《かな》しいゆれではなかった。

御影君《みかげくん》もわたしの手《て》を握《にぎ》り返《かえ》してきた。そっと優《やさ》しく、でもしっかりと。

お互《たが》いの魔力《まりょく》がまじり合《あ》って、どんどん高《たか》まっていくのを感《かん》じる。

「リン……好《す》きだ」

御影君《みかげくん》がささやきながら、わたしの頬《ほお》に優《やさ》しいキスをしてきた。

「わたしも」

わたしは背伸《せの》びをして、御影君《みかげくん》の頬《ほお》にそっとキスを返《かえ》した。

御影君《みかげくん》がびっくりした顔《かお》で固《かた》まって、カ～ッと赤《あか》くなって……そして、うれしそうに笑《わら》った。

ふたりで一緒《いっしょ》に笑《わら》い合《あ》った瞬間《しゅんかん》。

足元《あしもと》に赤《あか》の魔法陣《まほうじん》が現《あらわ》れ、つなぎ合《あ》った両手《りょうて》から魔力《まりょく》があふれ出《で》た。

真《ま》っ赤《か》な炎《ほのお》の中《なか》で、御影君《みかげくん》は黒衣《こくい》の悪魔《あくま》となり、その胸元《むなもと》には炎《ほのお》のコサージュがつく。

そしてわたしは赤《あか》いウエディングドレスをまとって……わたしたちは結《むす》ばれた。

御影君《みかげくん》は赤《あか》い瞳《ひとみ》でわたしを見《み》つめて言《い》った。

「やっぱ、思《おも》ったとおりだ」

「え？」

「金《きん》よりも、青《あお》よりも、リンには赤《あか》のウエディングドレスが一番《いちばん》よく似合《にあ》う」

自信満々《じしんまんまん》の力強《ちからづよ》い笑《わら》い方《かた》――いつもの御影君《みかげくん》だ。

そのとき、まわりからケケケと声《こえ》がした。いつのまにか地上《ちじょう》にいた炎《ほのお》のグールがビルの屋上《おくじょう》へ集《あつ》まってきていて、大群《たいぐん》となってわたしたちをとり囲《かこ》んでいた。

「俺《おれ》から生《う》まれたグールだ。俺《おれ》が始末《しまつ》を――」

ひとりで行《い》こうとする御影君《みかげくん》の腕《うで》をとって引《ひ》き止《と》めた。

「一緒《いっしょ》にやろ。一緒《いっしょ》にやりたいの」

わたしのお願《ねが》いに、御影君《みかげくん》はすぐにうなずいてくれた。

「――ああ」

そのとき、胸元《むなもと》でスタージュエルが真紅《しんく》に輝《かがや》きだした。星《ほし》の形《かたち》をしたジュエルが細長《ほそなが》くのび、ガラスの棒《ぼう》のようになり、剣《けん》のように持《も》ち手《て》がある。

「これは……？」

「魔法具《まほうぐ》のキャンドルトーチだ」

キャンドルトーチは、結婚式《けっこんしき》で新郎新婦《しんろうしんぷ》がキャンドルに火《ひ》を灯《とも》していくのに使《つか》われている。

御影君《みかげくん》が少《すこ》し懐《なつ》かしそうにトーチを見《み》つめながら言《い》った。

「カルラが使《つか》っていた魔法具《まほうぐ》だ」

まわりにいた炎《ほのお》のグールたちがせまってきた。

わたしたちは一緒《いっしょ》にトーチを握《にぎ》った。新郎新婦《しんろうしんぷ》がキャンドルサービスをするみたいに、トーチをかかげて魔力《まりょく》をこめる。

「炎《ほのお》よ！」

御影君《みかげくん》の声《こえ》につづけて、わたしも叫《さけ》んだ。

「灯《とも》れ！」

瞬間《しゅんかん》、強《つよ》い光《ひかり》が生《う》まれた。

キャンドルトーチがまばゆい光《ひかり》を発《はっ》して、それが灯火《とうか》となって、町全体《まちぜんたい》を煌々《こうこう》と照《て》らす。

わたしはキャンドルの光《ひかり》を浴《あ》びながら、そのぬくもりにうっとりとした。

(炎《ほのお》って、太陽《たいよう》に似《に》てるかも)

何《なに》かを燃《も》やしたり破壊《はかい》したりするだけじゃない。

人《ひと》にぬくもりを与《あた》えて、その輝《かがや》きで心《こころ》や暗闇《くらやみ》を照《て》らす。

キャンドルの灯火《とうか》は、グールを照《て》らし、すべて消滅《しょうめつ》させてしまった。

「すっげ……！」

「すごぉい……！」

わたしたちは一緒《いっしょ》におどろいて、そして一緒《いっしょ》に笑《わら》い合《あ》った。

キャンドルトーチが元《もと》のスタージュエルに戻《もど》ったとき、空《そら》にたちこめていた雨雲《あまぐも》からゴロゴロと雷《かみなり》の音《おと》が聞《き》こえ、それに混《ま》じってあの声《こえ》が頭《あたま》に響《ひび》いてきた。

――**不幸《ふこう》と災《わざわ》いをもたらす禁忌《きんき》の悪魔《あくま》、おまえはこれから先《さき》もずっと忌《い》まれつづける。**

「別《べつ》にいいさ」

御影君《みかげくん》はわたしの肩《かた》を抱《だ》いて、声《こえ》に言《い》い返《かえ》す。

「世界中《せかいじゅう》に忌《い》み嫌《きら》われたって、リンが好《す》きだと言《い》ってくれる……それだけで、俺《おれ》はいい」

――**愛《あい》は永遠《えいえん》ではない。いつか必《かなら》ず消《き》え失《う》せる。**

「バーカ、愛《あい》は永遠《えいえん》なんだよ！　まずリンとキスするだろ、永遠《えいえん》の愛《あい》を誓《ちか》い合《あ》って結婚《けっこん》するだろ。そしたら毎日《まいにち》いちゃいちゃし放題《ほうだい》、キスし放題《ほうだい》だ！　それが一生《いっしょう》つづくんだぞ？　サイコーじゃねーか！　俺《おれ》の未来《みらい》にはもう幸《しあわ》せしかないっ!!」

そんな未来《みらい》を想像《そうぞう》して、わたしは赤《あか》くなりながらもちょっとうれしくなる。

御影君《みかげくん》がいつも以上《いじょう》に元気《げんき》になって、絶好調《ぜっこうちょう》だ。

でも雷鳴《らいめい》のような声《こえ》はやまず、不快《ふかい》をあらわに響《ひび》いてくる。

――**愚《おろ》かな悪魔《あくま》め。魔女《まじょ》と結《むす》ばれようと、おまえたちの未来《みらい》には幸福《こうふく》などない。**

「はいはい、ひがみひがみ。おまえさ、好《す》きな相手《あいて》に好《す》きって言《い》われたことねーだろ？　そりゃ、両思《りょうおも》いってなかなかなれるもんじゃないからさ～、俺《おれ》たちの幸《しあわ》せを妬《ねた》むのもわかるけど。それじゃあ幸《しあわ》せにはなれねーな」

突然《とつぜん》、雨雲《あまぐも》から雷《かみなり》が落《お》ちてきた。

御影君《みかげくん》はなんなく炎《ほのお》でそれをはじきとばして笑《わら》った。

「ははっ、図星《ずぼし》かよ。痛《いた》いとこつかれると怒《おこ》るんだよな～」

連続《れんぞく》して落《お》ちてくる雷《かみなり》を、御影君《みかげくん》は笑《わら》いながら挑発《ちょうはつ》するようにはらいのける。

「怒《おこ》って雷落《かみなりお》とすとか、雷《かみなり》オヤジかっ。っつーかよー、俺《おれ》に言《い》い返《かえ》してくるわ、グールを使《つか》わないで攻撃《こうげき》してくるわ……おまえ、そこにいるよな？」

雷《かみなり》がやみ、声《こえ》が途切《とぎ》れた。

御影君《みかげくん》は雲《くも》を鋭《するど》く見《み》すえながら断言《だんげん》した。

「雲《くも》の中《なか》にいるな、魔法使《まほうつか》い」

わたしはハッとして雲《くも》を見上《みあ》げた。学園《がくえん》にひそみ、グールを放《はな》ってわたしを攻撃《こうげき》しつづけてきた謎《なぞ》の存在《そんざい》——その張本人《ちょうほんにん》が、いま、そこに。

御影君《みかげくん》は手《て》に炎《ほのお》をめらめらと燃《も》やし、赤《あか》い瞳《ひとみ》に怒《いか》りをみなぎらせて雲《くも》をにらんだ。

「待《ま》ってたぜ、おまえが出《で》てくるときを。何度《なんど》も何度《なんど》もリンを襲《おそ》いやがって……おまえは、俺《おれ》の炎《ほのお》で、ぜってー燃《も》やす！」

赤《あか》い瞳《ひとみ》に強《つよ》い意志《いし》をともして、御影君《みかげくん》が雨雲《あまぐも》に向《む》かって炎《ほのお》を放《はな》った。

雨雲《あまぐも》が目《め》に見《み》える速《はや》さで動《うご》きだし、それをかわした。

黒《くろ》い雲《くも》は空《そら》から降《お》りてきて、大蛇《だいじゃ》がとぐろを巻《ま》くようにわたしと御影君《みかげくん》をぐるりと包囲《ほうい》する。

「ガチでやる気《き》になったか。望《のぞ》むところだぜ！」

御影君《みかげくん》が身構《みがま》えたとき、黒《くろ》い雲《くも》の中《なか》に文字《もじ》のような模様《もよう》が見《み》えて、わたしはハッとした。

（あれは、クロードメタル！）

封印魔法《ふういんまほう》、この中《なか》では魔法《まほう》を使《つか》えば使《つか》うほど魔力《まりょく》を奪《うば》われる。わたしは御影君《みかげくん》の手《て》をつかんで止《と》めた。

「御影君《みかげくん》、ダメ！　魔法《まほう》を使《つか》っちゃ……！」

でもわたしが言《い》うまでもなく御影君《みかげくん》はわかっていたようで、力強《ちからづよ》く言《い》った。

「大丈夫《だいじょうぶ》だ」

すぐにそれが証明《しょうめい》された。

「トルネードファング！」

外側《そとがわ》からの鋭《するど》い暴風《ぼうふう》に、黒《くろ》い魔法陣《まほうじん》がズタズタに切《き》り裂《さ》かれる。

竜巻《たつまき》をまとった虎鉄君《こてつくん》が現《あらわ》れた。

「俺《おれ》らに同《おな》じ手《て》が何度《なんど》も通用《つうよう》するかよ。なめんじゃねーぞ、ワンパターン野郎《やろう》！」

御影君《みかげくん》と虎鉄君《こてつくん》が一瞬《いっしゅん》、視線《しせん》を交《か》わし、そしてふたり同時《どうじ》に魔法《まほう》の呪文《じゅもん》を唱《とな》えた。

「焼《や》きはらえ！　灼熱劫火《しゃくねつごうか》！」

「吹《ふ》き飛《と》ばせ！　グレートサイクロン！」

炎《ほのお》と風《かぜ》がからみ合《あ》い、頭上《ずじょう》にたちこめる黒《くろ》い雲《くも》にぶつかった。熱《ねつ》が雨《あめ》を蒸発《じょうはつ》させ、風《かぜ》が周囲《しゅうい》の雨《あま》雲《ぐも》を吹《ふ》き飛《と》ばして散《ち》り散《ぢ》りになる。

しかし雲《くも》の中《なか》には誰《だれ》もいなかった。御影君《みかげくん》と虎鉄君《こてつくん》が身構《みがま》えながらあたりに目《め》をやる。

「どこへ行《い》きやがった？」

「遠隔魔法《えんかくまほう》か？」

零士君《れいじくん》がビルの上《うえ》に現《あらわ》れて、沈着冷静《ちんちゃくれいせい》な口調《くちょう》で言《い》った。

「いや。クロードメタルをはるのも、おまえたちの攻撃《こうげき》に即座《そくざ》に対応《たいおう》する速《はや》さも、離《はな》れた場所《ばしょ》からでは不可能《ふかのう》だ。魔法使《まほうつか》いはすぐ近《ちか》くにいる。僕《ぼく》らの目《め》の届《とど》く場所《ばしょ》に」

その手《て》が高《たか》くかかげられると、あたりに冷気《れいき》がたちこめ、氷《こおり》の結晶《けっしょう》が雪《ゆき》のように降《ふ》る。等間隔《とうかんかく》でゆっくりと。そのとき空《そら》の一部分《いちぶぶん》で、氷《こおり》の結晶《けっしょう》の動《うご》きが乱《みだ》れた。

「そこだ！　アハラバード！」

零士君《れいじくん》がそこに向《む》かって氷《こおり》の矢《や》を放《はな》ち、それが空中《くうちゅう》に刺《さ》さった。

バリーン！　空中《くうちゅう》だと思《おも》っていたところには鏡《かがみ》があって、音《おと》をたてて割《わ》れる。

鏡《かがみ》の向《む》こうにいた人物《じんぶつ》の姿《すがた》があらわになった。黒《くろ》い帽子《ぼうし》を深《ふか》くかぶり、黒《くろ》いローブを身《み》にまとい、箒《ほうき》に乗《の》っている。

零士君《れいじくん》がその姿《すがた》を見《み》て、青《あお》い目《め》を鋭《するど》く細《ほそ》めた。

「リンへの執拗《しつよう》な悪意《あくい》、そしてグールを生《う》み出《だ》す黒魔法《くろまほう》――やはり、黒魔女《くろまじょ》か！」

黒魔女《くろまじょ》――その姿《すがた》を初《はじ》めて目《め》にして、わたしの心臓《しんぞう》がドクンと鳴《な》った。

（あの人《ひと》が）

学園《がくえん》にひそみ、呪《のろ》いの言葉《ことば》をかけてくる声《こえ》の主《ぬし》。そして無関係《むかんけい》の人《ひと》たちの悪意《あくい》をあおってグールを生《う》み出《だ》し、蘭《らん》ちゃんにひどい魔法《まほう》をかけて、御影君《みかげくん》を苦《くる》しめた人《ひと》！

「アハラバード・ザザン！」

零士君《れいじくん》が無数《むすう》の氷《こおり》の矢《や》を黒魔女《くろまじょ》めがけて放《はな》った。吹雪《ふぶき》のように降《ふ》りかかる氷《こおり》の矢《や》を、黒魔女《くろまじょ》はマントをひるがえしてこともなげにかわす。そして箒《ほうき》で急上昇《きゅうじょうしょう》し、空《そら》へと逃《に》げていく。

わたしは声《こえ》をはりあげた。

「箒《ほうき》よ！」

箒《ほうき》が、ぎゅん！　と飛《と》んできて手元《てもと》に来《き》た。

わたしは箒《ほうき》を握《にぎ》りしめ、地面《じめん》を蹴《け》ってとび乗《の》った。同時《どうじ》に御影君《みかげくん》が後《うし》ろに乗《の》ってくる。

「待《ま》ちなさい！」

わたしは箒《ほうき》を飛《と》ばして黒魔女《くろまじょ》を追《お》った。

「リン、御影《みかげ》、深追《ふかお》いは――！」

零士君《れいじくん》が心配《しんぱい》してくれる声《こえ》が聞《き》こえたけれど、それをふりきった。

ほうっておけば、あの黒魔女《くろまじょ》はきっとまた同《おな》じことをくり返《かえ》す。人《ひと》の悪意《あくい》をあおってグールを生《う》み出《だ》したり、ひどい魔法《まほう》をかけたりする。

誰《だれ》かがそれを止《と》めないと。

(わたしが止《と》めなきゃ!)

その決意《けつい》を支《ささ》えるように、御影君《みかげくん》が言《い》った。

「リン、奴《やつ》をつかまえるぞ!」

「うん!」

わたしは箒《ほうき》をぐっと握《にぎ》りしめ、黒魔女《くろまじょ》を追《お》った。

「飛《と》べ、火炎弾《かえんだん》!」

御影君《みかげくん》が放《はな》った炎《ほのお》の玉《たま》が黒魔女《くろまじょ》に向《む》かう。

黒魔女《くろまじょ》は巧《たく》みな飛行《ひこう》でそれをかわしながら、猛《もう》スピードでビルとビルの間《あいだ》を飛《と》んでいく。急上昇《きゅうじょうしょう》したり、急《きゅう》カーブしたり、まるでジェットコースターみたいな飛《と》び方《かた》をして、わたしたちをふりきろうとしているみたいだ。

(逃《に》がさないんだから!)

強《つよ》く決意《けつい》すると、自分《じぶん》の魔力《まりょく》が高《たか》まって箒《ほうき》がスピードを増《ま》した。わたしは全速力《ぜんそくりょく》で箒《ほうき》を飛《と》ばし、逃《に》げる黒魔女《くろまじょ》を追《お》った。

黒魔女《くろまじょ》の背中《せなか》がだんだん近《ちか》づいてきて、距離《きょり》がどんどん縮《ちぢ》まっていく。

（もう少《すこ》し……もう少《すこ》しだ！）

わたしは一気《いっき》に近《ちか》づこうとさらにスピードを上《あ》げ、黒魔女《くろまじょ》を追《お》って大《おお》きなビルの角《かど》を曲《ま》がって、ハッとした。

黒《くろ》い雲《くも》が壁《かべ》のようになって行《ゆ》く手《て》をふさぎ、そこからゴロゴロと音《おと》がした。稲妻《いなずま》が光《ひか》り、無数《むすう》の雷《かみなり》が鋭《するど》いナイフのようになって飛《と》んできた。

わたしはあわてて箒《ほうき》を動《うご》かして、それをかわす。

しかしかわした雷《かみなり》はカーブを描《えが》き、一斉《いっせい》にわたしめがけて飛《と》んできた。雷《かみなり》のナイフは前後左右《ぜんごさゆう》、そして上下《じょうげ》からも来《く》る。逃《に》げる隙間《すきま》がなく、かわせない。

「……！」

わたしは痛《いた》みを覚悟《かくご》して身体《からだ》を固《かた》くした。

ガガガーン！　大《おお》きな落雷《らくらい》の音《おと》が響《ひび》いたけど、痛《いた》みはなかった。

御影君《みかげくん》が身体《からだ》を盾《たて》にして、わたしを包《つつ》みこんで守《まも》ってくれていた。雷《かみなり》のナイフが御影君《みかげくん》の全身《ぜんしん》に突《つ》き刺《さ》さり、バチバチと稲光《いなびかり》を放《はな》っている。

「ッ……！」

御影君《みかげくん》の顔《かお》が苦痛《くつう》でゆがみ、腕《うで》から力《ちから》がぬけて、箒《ほうき》から落《お》ちそうになる。

「御影君《みかげくん》！」

わたしの動揺《どうよう》で箒《ほうき》がゆれて、落下《らっか》していく。

箒《ほうき》を握《にぎ》りながらありったけの力《ちから》で御影君《みかげくん》を抱《だ》きしめて、わたしは歯《は》をくいしばった。

（御影君《みかげくん》を……絶対助《ぜったいたす》けるんだから！）

そのとき胸元《むなもと》でスタージュエルが白《しろ》い光《ひかり》を放《はな》った。

その光《ひかり》が目《め》にとびこんできた瞬間《しゅんかん》、わたしの頭《あたま》の中《なか》に昔《むかし》の記憶《きおく》がよみがえった。なぜか忘《わす》れていたお母《かあ》さんとの思《おも》い出《で》がまるで昨日《きのう》のことのように鮮明《せんめい》に流《なが》れる。

――このおまじないはね、ただ唱《とな》えるだけじゃダメなの。

どうしてお母《かあ》さんのおまじないはそんなによく効《き》くのか不思議《ふしぎ》で、夜《よる》ベッドに横《よこ》たわりながら、お母《かあ》さんに問《と》いかけた。

――魔力《まりょく》と魔法具《まほうぐ》、そして必《かなら》ず助《たす》けるんだという強《つよ》い気持《きも》ち……心《こころ》の星《ほし》がないとね。

意味《いみ》がよくわからずきょとんとするわたしに、お母《かあ》さんは胸元《むなもと》からとり出《だ》したスタージュエルを見《み》せた。透明《とうめい》なスタージュエルが白《しろ》く光《ひか》っていて、そこからキラキラ小《ちい》さな星《ほし》がいくつもあふれている。お母《かあ》さんは指先《ゆびさき》で小《ちい》さな星《ほし》をくるくる回《まわ》しながら、微笑《ほほえ》んだ。

――星《ほし》の力《ちから》で病気《びょうき》や災《わざわ》いから大切《たいせつ》な人《ひと》を守《まも》る、お母《かあ》さんのとっておきの魔法《まほう》よ。

わたしは御影君《みかげくん》をぎゅっと抱《だ》きしめて、ありったけの魔力《まりょく》をこめて叫《さけ》んだ。

「キャロリーナ・キャロライナ！」

お母《かあ》さんのおまじない――白魔女《しろまじょ》の魔法《まほう》の呪文《じゅもん》を唱《とな》えると、スタージュエルから輝《かがや》く星《ほし》がひとつとびだした。

星《ほし》は御影君《みかげくん》の体内《たいない》へするりと入《はい》り、傷《きず》ついたその身体《からだ》を輝《かがや》かせる。すると無数《むすう》の雷《かみなり》のナイフが光《ひかり》に溶《と》けるように消《き》えて、ひどいケガも跡形《あとかた》もなく消《き》えた。

御影君《みかげくん》がギンッと目《め》を見開《みひら》き、赤《あか》の瞳《ひとみ》に炎《ほのお》が燃《も》え上《あ》がる。そして高《たか》まった魔力《まりょく》が炎《ほのお》となってその身体《からだ》から噴《ふ》き出《だ》した。

「災《わざわ》いふりまく黒魔女《くろまじょ》を撃《う》ち抜《ぬ》け！　烈火《れっか》!!」

巨大《きょだい》な炎《ほのお》が吠《ほ》えながら空《そら》を走《はし》り、黒《くろ》い雨雲《あまぐも》を突《つ》き抜《ぬ》けて、黒魔女《くろまじょ》に命中《めいちゅう》した。

黒魔女《くろまじょ》はよろけながらも懸命《けんめい》に飛《と》ぼうとしていたけど、空飛《そらと》ぶ箒《ほうき》が燃《も》えてしまってはなすすべはない。燃《も》える箒《ほうき》と一緒《いっしょ》に、木《こ》の葉《は》のように地上《ちじょう》へ落下《らっか》した。

わたしは箒《ほうき》を飛《と》ばし、御影君《みかげくん》と共《とも》に黒魔女《くろまじょ》の落下地点《らっかちてん》へ降《お》り立《た》った。

黒《くろ》い帽子《ぼうし》もマントも破《やぶ》れていて、箒《ほうき》には残《のこ》り火《び》がくすぶっていて黒《くろ》い煙《けむり》があがっている。黒魔女《くろまじょ》はうつぶせに倒《たお》れていてその顔《かお》は見《み》えない。

御影君《みかげくん》が警戒《けいかい》しながら近《ちか》づいていき、黒《くろ》いマントを引《ひ》っぱって、バッとはぎとった。

その姿《すがた》を見《み》て、わたしは目《め》を見開《みひら》いた。

「これは……人形《にんぎょう》？」

人形劇《にんぎょうげき》で使《つか》うようなあやつり人形《にんぎょう》だった。人形《にんぎょう》を動《うご》かすための糸《いと》は、すべてぷっつり切《き》れている。老婆《ろうば》の人形《にんぎょう》は焼《や》け焦《こ》げていて、手足《てあし》は折《お》れて胴体《どうたい》もひび割《わ》れていたけど、その顔《かお》はわたしを嘲笑《あざわら》うかのように、あっかんべーをしていた。

「身代《みが》わりの人形《にんぎょう》だ」

そう言《い》って、御影君《みかげくん》がくやしげに吠《ほ》えた。

「があ～っ！　くっそ、逃《に》げられたっ！」

かがんで人形《にんぎょう》にそっとふれると、人形《にんぎょう》はボロッと砂《すな》のようになって崩《くず》れ、わたしの指《ゆび》の間《あいだ》からこぼれて風《かぜ》に流《なが》されて消《き》えた。手《て》がかりは何《なに》ひとつつかめなかった。

空《から》っぽの手《て》を見《み》て、わたしは一息《ひといき》ついた。黒魔女《くろまじょ》の方《ほう》が一枚《いちまい》、ううん、何枚《なんまい》も上手《うわて》だったみたいだ。零士君《れいじくん》の言《い》っていたとおり、相手《あいて》は頭《あたま》がよくて高度《こうど》な魔法《まほう》を使《つか》いこなす実力者《じつりょくしゃ》。いまのわたしでは、まだまだ力不足《ちからぶそく》なんだって思《おも》い知《し》らされた。

「ぐがああ～！　すっげー腹立《はらた》つ！　こざかしい黒魔女《くろまじょ》にも！　しとめられなかった俺《おれ》にも！」

御影君《みかげくん》は怒《いか》りがおさまらないようで、肩《かた》をいからせながらじだんだを踏《ふ》む。

わたしはつつつと寄《よ》っていき、その手《て》をそっと握《にぎ》った。

御影君《みかげくん》がハッとわたしを見《み》て、力《ちから》づけるように言《い》った。

「リン、怖《こわ》いか？　大丈夫《だいじょうぶ》だ、あいつが何《なに》をしてこようが、俺《おれ》が必《かなら》ず守《まも》るから。心配《しんぱい》いらない」

「心配《しんぱい》はしてないよ。御影君《みかげくん》がいてくれるから、怖《こわ》くないし」

御影君《みかげくん》はきょとんとして軽《かる》く首《くび》をかしげる。

わたしが手《て》を握《にぎ》っている意味《いみ》がわからないみたいだ。

「えっと……うれしいな、って思《おも》って」

黒魔女《くろまじょ》にしてやられたくやしさはあるけれど、でも今《いま》はそれよりも、何《なに》よりも、またこうして御《み》影君《かげくん》と一緒《いっしょ》にいられることがうれしい。

「御影君《みかげくん》と結《むす》ばれて、うれしかった……そうなれたらいいなって思《おも》ってたから」

御影君《みかげくん》の顔《かお》がカ～ッと赤《あか》くなる。耳《みみ》まで真《ま》っ赤《か》にして、ゆるむ口元《くちもと》を手《て》で隠《かく》しながら御影君《みかげくん》は言《い》った。

「お、俺《おれ》も……うれしかった。うれしくて、うれしすぎて……なんていうか、もう最高《さいこう》だ」

「そ、そっか……よかった」

わたしたちはお互《たが》い顔《かお》を真《ま》っ赤《か》にしながら、しどろもどろに気持《きも》ちを伝《つた》え合《あ》った。

て、照《て》れるぅ……！

でも御影君《みかげくん》もわたしと同《おな》じ気持《きも》ちなんだってわかって、うれしさも倍増《ばいぞう》だ。気持《きも》ちを伝《つた》え合《あ》うのって、すごく大事《だいじ》なことなのかもしれない。

御影君《みかげくん》がわたしの両肩《りょうかた》に手《て》をやって、真剣《しんけん》な顔《かお》で問《と》いかけてきた。

「で、結婚式《けっこんしき》はどこで挙《あ》げる？」

「え？」

「新婚旅行《しんこんりょこう》はどこがいい？　俺《おれ》は、リンが行《い》きたいところならどこへでも——おわっ!?」

冷気《れいき》を含《ふく》んだ風《かぜ》がびゅおっと吹《ふ》いてきて、御影君《みかげくん》が吹《ふ》きとばされそうになる。

虎鉄君《こてつくん》と零士君《れいじくん》が険《けわ》しい顔《かお》で現《あらわ》れた。

「ぬわにが新婚旅行《しんこんりょこう》だっ！　調子《ちょうし》にのってんじゃねーぞ、黒猫《くろねこ》！」

「大好《だいす》きって告《コク》られて、ホッペにチューされたんだぞ!?　結婚相手《けっこんあいて》はもう俺《おれ》で決定《けってい》じゃねーか！」

「黙《だま》れ。結婚《けっこん》の契約《けいやく》は成立《せいりつ》していない。よって、何《なに》も決定《けってい》してはいない」

晴《は》れ上《あ》がった空《そら》に3悪魔《あくま》の言《い》い合《あ》いが響《ひび》く。

雨《あめ》はいつのまにかやんでいた。

9

スターヒルズの屋上《おくじょう》で起《お》こった謎《なぞ》の火事《かじ》はおさまり、避難《ひなん》していた人々《ひとびと》が少《すこ》しずつ戻《もど》ってきた。ケガ人《にん》などは見当《みあ》たらず、被害《ひがい》が出《で》る前《まえ》に騒《さわ》ぎをくいとめられたみたいでよかった。

テレビ局《きょく》の近《ちか》くの広場《ひろば》へ戻《もど》ると、蘭《らん》ちゃんが走《はし》ってきて興奮《こうふん》しながらとびついてきた。

「リ〜ン！　ウエディングドレス、すっごく似合《にあ》ってたわ！　魔法《まほう》を使《つか》うところも、すっごくかっこよかった！　リンも悪魔《あくま》たちも、最高《さいこう》っ！」

「え？　ここから見《み》えたの……？」

「セレナの水晶玉《すいしょうだま》で見《み》たのよ！」

セレナさんが手《て》に持《も》っている水晶玉《すいしょうだま》を見《み》せてくれた。

「これくらいの距離《きょり》なら、この水晶玉《すいしょうだま》で見《み》えるのよ。けっこう便利《べんり》アイテム♪　なかなか見応《みごた》えのある魔法《まほう》アクションだったわよ。興奮《こうふん》しちゃった☆」

「セレナとふたりですっごい応援《おうえん》してたのよ！　ねえ？」

「黒魔女《くろまじょ》を追《お》うところが燃《も》えたわよねっ」

「うんうん、ホントよかったわ～！」

あれ？　蘭《らん》ちゃんとセレナさんがなんか仲良《なかよ》くなってる。

セレナさんがしみじみとした口調《くちょう》で言《い》った。

「いや～、それにしても感慨深《かんがいぶか》いわぁ。わたしの腕《うで》の中《なか》にすっぽり入《はい》ってたちっちゃい赤《あか》ちゃんが、こ～んな立派《りっぱ》な魔女《まじょ》になるなんて」

「え？　赤《あか》ちゃん……？」

セレナさんはちょっといじわるな笑《え》みを浮《う》かべて言《い》った。

「リンちゃん、わたしたち、初対面《しょたいめん》じゃないのよ。覚《おぼ》えてないのもしょうがないけど。わたしたちが会《あ》ったのは、あなたが赤《あか》ちゃんの頃《ころ》だから」

「えっ!?」

「実《じつ》はわたし、あなたのお母《かあ》さんと友達《ともだち》だったのよん♪」

「ええ～っ!?」

心底《しんそこ》びっくりした。そんなつながりがあったなんて、ぜんぜん知《し》らなかった。

セレナさんは御影君《みかげくん》たちを見《み》てウインクした。

「悪魔君《あくまくん》たちもやるじゃな〜い。さすがカルラが選《えら》んだ３悪魔《あくま》ねっ」

「え、あの、でも、御影君《みかげくん》を退治《たいじ》しろって……それがわたしの運勢《うんせい》だって」

セレナさんは、あははと笑《わら》い飛《と》ばした。

「やっだ〜、占星術師《せんせいじゅつし》のわたしにあなたの運勢《うんせい》がわかるわけないじゃない！　だって、時間《じかん》のはざまに生《う》まれた魔女《まじょ》のあなたには、守護星座《しゅごせいざ》がないんだから」

あ……そういえば、そうだった。

「魔女《まじょ》に守護星座《しゅごせいざ》はないから星《ほし》の加護《かご》はない、でもそれは運命《うんめい》にしばられることもないってこと。だからあなたはあなたのやりたいようにやればいいのよ。それが正解《せいかい》☆」

蘭《らん》ちゃんが口《くち》をとがらせてセレナさんに言《い》う。

「そうならそうと、最初《さいしょ》から言《い》えばいいのに。どうしてあんないじわるなこと、リンに言《い》ったの？」

「ああいうことを言《い》う人《ひと》が、世《よ》の中《なか》にはたくさんいるって知《し》ってほしかったの。悪魔《あくま》や幽霊《ゆうれい》と付《つ》き合《あ》うことを嫌悪《けんお》する人《ひと》は大勢《おおぜい》いるし、責《せ》める人《ひと》もいるでしょうよ。リンちゃん、あなたはこれから、そういう偏見《へんけん》とも闘《たたか》っていかなければならないわ」

わたしはうなずいた。

「はい」

「あら、もう覚悟《かくご》はできてるって感《かん》じ？」

「はい。御影君《みかげくん》たちや蘭《らん》ちゃんと離《はな》れるなんて、考《かんが》えられませんから」

誰《だれ》に非難《ひなん》されたって、これだけは胸《むね》を張《は》って言《い》える。

悪魔《あくま》も幽霊《ゆうれい》も、悪《わる》い人《ひと》ばかりじゃないよって。

「あなたの運勢《うんせい》や未来《みらい》はわたしにはわからないけど、個人的《こじんてき》にはあなたの選択《せんたく》はとってもステキだと思《おも》うわ。悪魔《あくま》が婚約者《こんやくしゃ》で、幽霊《ゆうれい》が友達《ともだち》だなんて、最高《さいこう》にロマンティック♡」

「セレナさん……」

誰《だれ》になんと言《い》われてもいいけど、尊敬《そんけい》するセレナさんにそんなふうに言《い》ってもらえてうれしい。

蘭《らん》ちゃんがセレナさんに言《い》った。

「セレナ、リンに星占《ほしうらな》いを教《おし》えてあげてくれない？」

「星占《ほしうらな》い？　なんで？」

「わたしたち、学校《がっこう》で星占《ほしうらな》い部《ぶ》をやってて、リンがあなたから星占《ほしうらな》いを習《なら》いたいって。そのために来《き》たのよ」

セレナさんはあごに手《て》を当《あ》てて、ふむと考《かんが》えた。

「ねえリンちゃん、星占《ほしうらな》いってどういうものかわかる？」

「いえ……」

「星占《ほしうらな》いは、見《み》えるだけよ」

セレナさんは水晶玉《すいしょうだま》を持《も》って魔力《まりょく》をそそいだ。

水晶玉《すいしょうだま》の中《なか》にたくさんの星《ほし》が見《み》えて、宇宙《うちゅう》のようになる。

「この水晶玉《すいしょうだま》は、魔女《まじょ》だったおばあちゃんの形見《かたみ》なの。わたしは魔女《まじょ》の血《ち》を引《ひ》いた人間《にんげん》で、純粋《じゅんすい》な魔女《まじょ》ではないから、わたしの魔力《まりょく》はすごく弱《よわ》いの。弱《よわ》い魔力《まりょく》とこの水晶玉《すいしょうだま》で守護星座《しゅごせいざ》の運行《うんこう》を見《み》て、ただそれをしゃべってるだけ。わたしには人《ひと》を助《たす》けられる魔力《まりょく》はないわ」

「そんなことありません。魔力《まりょく》はなくても、占《うらな》いコーナーのセレナさんの言葉《ことば》で元気《げんき》づけられる人《ひと》は、大勢《おおぜい》いると思《おも》います」

セレナさんは少《すこ》しおどろいた顔《かお》をして、うれしそうに微笑《ほほえ》んだ。

「ありがとう。あなたはわたしよりもはるかに強《つよ》い魔力《まりょく》を持《も》ってる。白魔女《しろまじょ》のあなたには人《ひと》を救《すく》える力《ちから》がある。星占《ほしうらな》いよりも、そっちの力《ちから》を磨《みが》くべきよ」

セレナさんの台詞《せりふ》の中《なか》にハッとする言葉《ことば》が出《で》てきて、わたしは問《と》いかけた。

「あの……白魔女《しろまじょ》のあなた、って？　えっと……わたし、白魔女《しろまじょ》になったんでしょうか？」

セレナさんは笑《わら》いながら言《い》った。

「禁忌《きんき》の悪魔君《あくまくん》を助《たす》けた魔法《まほう》、あれ、白魔法《しろまほう》だから。白魔法《しろまほう》でこの町《まち》を災《わざわ》いから守《まも》った。あなた、立派《りっぱ》な白魔女《しろまじょ》よ♡」

ふり向《む》くと、御影君《みかげくん》と虎鉄君《こてつくん》は笑《わら》っていて、零士君《れいじくん》はうなずく。

胸《むね》にじわじわと喜《よろこ》びがこみあげてきた。

わたし……白魔女《しろまじょ》になれたんだぁ！

セレナさんはなつかしそうに目《め》を細《ほそ》めながら語《かた》った。

「カルラはね、悪《わる》い運勢《うんせい》から人々《ひとびと》を守《まも》るのに星占《ほしうらな》いが役《やく》に立《た》つと言《い》って、星占《ほしうらな》いを聞《き》きに、よくわたしのところへ箒《ほうき》で飛《と》んできたの。『あなたの星占《ほしうらな》いはよく当《あ》たる』って言《い》ってね。見《み》えるだけのわたしの力《ちから》がなんの役《やく》に立《た》つんだろうって悩《なや》んだこともあったけど、白魔女《しろまじょ》の彼女《かのじょ》が頼《たよ》りにしてくれて、とてもうれしかった」

幸《しあわ》せな思《おも》い出《で》なのか、セレナさんの瞳《ひとみ》にやわらかく光《ひか》る星《ほし》が浮《う》かぶ。

お母《かあ》さんといい友達《ともだち》だったんだってことが伝《つた》わってくる。

「リンちゃん、星占《ほしうらな》いはわたしにまかせてくれない？　朝《あさ》の星占《ほしうらな》いコーナーを見《み》てくれれば、だいたい事足《ことた》りると思《おも》うし。わからないことがあったら、聞《き》いてくれればいい。あなたのお母《かあ》さんみたいにね。携帯《けいたい》かスマホ、持《も》ってる？」

「え？　あ、スマホなら」

鞄《かばん》からスマホを出《だ》すと、セレナさんがパパッと操作《そうさ》してくれて、電話番号《でんわばんごう》とメルアドを登録《とうろく》してくれた。

「なんかあったらいつでも連絡《れんらく》ちょうだいね。星占《ほしうらな》い部《ぶ》の相談《そうだん》でも、個人的《こじんてき》な相談《そうだん》でも、なんでもオッケーよ♪」

わたしはスマホを握《にぎ》って、じ〜んと感動《かんどう》した。

「ん？　どうかした？」

「このスマホ、13歳《さい》の誕生日《たんじょうび》にお父《とう》さんからプレゼントでもらったんですけど、お父《とう》さんの番号《ばんごう》しか登録《とうろく》されてなくて……」

御影君《みかげくん》たちも蘭《らん》ちゃんも登録《とうろく》の必要《ひつよう》はないから、せっかくお父《とう》さんがプレゼントしてくれたのに使《つか》う機会《きかい》がなくて、ちょっと申《もう》しわけないなって思《おも》ってた。

「セレナさんがお友達登録第《ともだちとうろくだい》1号《ごう》です。第《だい》1号《ごう》がセレナさんで、感激《かんげき》です」

セレナさんがわたしをジッと見《み》て、ほんのり頬《ほお》を赤《あか》らめて言《い》った。

「『悪魔《あくま》の誘惑《ゆうわく》』って確《たし》かにあるんだけど、『白魔女《しろまじょ》の誘惑《ゆうわく》』もあるのかもね」

「え？」

「あなたにニッコリされると、なんだかすっごくうれしくなっちゃうわ。こりゃ、悪魔君《あくまくん》たちがメロメロになるのもわかるわぁ」

「そ、そうですか……？」

わたしは自分《じぶん》の頬《ほお》に手《て》を当《あ》ててムニムニした。そう言《い》われても……自分《じぶん》ではよくわからない。

セレナさんがずいっと顔《かお》を寄《よ》せてきて言《い》った。

「ねえリンちゃん、わたしと一緒《いっしょ》に占《うらな》いコーナーに出《で》ない？」

「え？」

「コーナータイトルは『セレナとリンの星占《ほしうらな》い！』にリニューアル☆　わたしの横《よこ》でニッコリしてくれれば、あなた目当《めあ》ての男性《だんせい》ファンがわんさか増《ふ》えて、視聴率《しちょうりつ》アップ間違《まちが》いなしよ♪」

そのお誘《さそ》いに、３悪魔《あくま》がそろって抗議《こうぎ》した。

「ちょっと待《ま》て！　なに勝手《かって》にリンを引《ひ》っぱりこもうとしてんだよ⁉」

「星占《ほしうらな》いはわたしにまかせろとかなんとか、ついさっき言《い》ってたじゃねーかっ」

「テレビ業界《ぎょうかい》で生《い》き残《のこ》るのって大変《たいへん》なのよっ。いいじゃない、リンちゃん貸《か》してくれたって！」

「ダメだ。自分《じぶん》でなんとかしろ」

蘭《らん》ちゃんがぽんと手《て》をたたいて言《い》った。

「そうだっ。ねえリン、みんなで記念写真撮《きねんしゃしんと》らない？　セレナも一緒《いっしょ》に」

「わあ、いいね！　でもカメラ持《も》ってない……」

「スマホにカメラ機能《きのう》ついてるでしょ」

「あ、そっか！」

セレナさんとの連絡《れんらく》に、記念写真《きねんしゃしん》の撮影《さつえい》。お父《とう》さん、スマホがこれからすごく活躍《かつやく》しそうだよ！

うきうきしながら、スマホをいじってカメラモードにする。初《はじ》めて使《つか》うからちょっと試《ため》し撮《ど》りをしようと思《おも》って、目《め》の前《まえ》の車道《しゃどう》にレンズを向《む》けた。

そのとき、画面《がめん》のはしっこに黒《くろ》い車《くるま》が走《はし》っていくのが見《み》えて、わたしはハッとした。

(あれ？　あの車《くるま》って……綺羅《きら》さんの？)

黒《くろ》い車《くるま》はビルの向《む》こうへ走《はし》り去《さ》り、見《み》えなくなってしまった。

遠目《とおめ》だったし、見《み》えたのは一瞬《いっしゅん》だったから、確《たし》かにそうだったかどうかわからない——でも。

——魔法使《まほうつか》いはすぐ近《ちか》くにいる。

零士君《れいじくん》の言葉《ことば》が頭《あたま》をよぎって、胸《むね》の奥《おく》がざわっと騒《さわ》いだ。


【おわり】

猫《ねこ》のつぶやき

御影《みかげ》「フニャァ……」
虎鉄《こてつ》「顔《かお》がゆるんでるぞ、黒猫《くろねこ》」
御影《みかげ》「幸《しあわ》せを噛《か》みしめているニャ……
リンと結《むす》ばれたニャ……
ホッペにチューされたニャ……」
虎鉄《こてつ》「言《い》っとくが、あれは俺《おれ》たちが協力《きょうりょく》してやったから——」
御影《みかげ》「赤《あか》いウェディングドレスのリン、きれいだったニャ……
やっぱりリンは赤《あか》が一番《いちばん》似合《にあ》うニャ～
ニャハハ～!(ゴロゴロ転《ころ》がってもだえる)」
虎鉄《こてつ》「聞《き》けよっ! 駄目《だめ》だこいつ、デレデレだ」
零士《れいじ》「まったく見苦《みぐる》しい」
御影《みかげ》「なんとでも言《い》えニャ～
もう何《なに》を言《い》われても怒《おこ》らないニャ～」
虎鉄《こてつ》「あっそう。そういや零士《れいじ》、
リンに抱《だ》きつかれたのって初《はじ》めてじゃないか?」
御影《みかげ》「(ピクリと耳《みみ》を立《た》てる)ニャ?」
零士《れいじ》「(咳払《せきばら》いして)うむ……リンは控《ひか》えめな女性《じょせい》だが、
ときどきあのように大胆《だいたん》になるのだな……」
虎鉄《こてつ》「そうそう。そういうところもいいよな。
俺《おれ》、リンの匂《にお》い、好《す》き」

零士《れいじ》「僕《ぼく》は、髪《かみ》の感触《かんしょく》が……」
御影《みかげ》「おいコラ! おまえら、俺《おれ》がいない間《あいだ》に、
リンにニャニしてんだっ!?」
虎鉄《こてつ》「何《なん》だっていいだろ。っつーか、なに燃《も》えてんだよ?」
零士《れいじ》「怒《おこ》らないと言《い》っただろう」
御影《みかげ》「限度《げんど》があるニャ! 許《ゆる》さんニャ!」
零士《れいじ》「それはこっちの台詞《せりふ》だ」
虎鉄《こてつ》「やるか!?」
三人《さんにん》「フギャー!」

(おしまい)

Shogakukan Junior Bunko

★小学館ジュニア文庫★

白魔女リンと３悪魔 レイニー・シネマ

2015年12月21日　初版第１刷発行
2019年 7 月 2 日　　　第２刷発行

著者／成田良美
イラスト／八神千歳

発行者／立川義剛
印刷・製本／中央精版印刷株式会社
デザイン／佐藤千恵＋ベイブリッジ・スタジオ
編集／山口久美子

発行所／株式会社　小学館
〒101-8001　東京都千代田区一ツ橋２－３－１
電話　編集　03-3230-5105
販売　03-5281-3555

Printed in Japan　ISBN 978-4-09-230854-1

★小学館ジュニア文庫★ ワクワク、ドキドキがいっぱいのラインナップ

〈ジュニア文庫でしか読めないオリジナル〉

愛情融資店まごころ
愛情融資店まごころ ②好きなんて言えない

アイドル誕生！ ～こんなわたしがAKB48に!?～
いじめ 14歳のMessage
お悩み解決！ ズバッと同盟 長女VS妹、仁義なき戦い!?
お悩み解決！ ズバッと同盟 おしゃれコーデ、対決!?
緒崎さん家の妖怪事件簿
緒崎さん家の妖怪事件簿 桃×団子パニック！
緒崎さん家の妖怪事件簿 狐×迷子パレード！
緒崎さん家の妖怪事件簿 月×姫ミラクル！
華麗なる探偵アリス&ペンギン
華麗なる探偵アリス&ペンギン ワンダー・チェンジ！
華麗なる探偵アリス&ペンギン ミラー・ラビリンス
華麗なる探偵アリス&ペンギン サマー・トレジャー
華麗なる探偵アリス&ペンギン トラブル・ハロウィン
華麗なる探偵アリス&ペンギン ペンギン・パニック！
華麗なる探偵アリス&ペンギン ミステリアス・ナイト
華麗なる探偵アリス&ペンギン アリスVS.ホームズ！
華麗なる探偵アリス&ペンギン アラビアン・デート
華麗なる探偵アリス&ペンギン パーティ・パーティ
華麗なる探偵アリス&ペンギン ホームズ・イン・ジャパン
華麗なる探偵アリス&ペンギン ウィッチ・ハント！
ギルティゲーム
ギルティゲーム stage2 無限駅からの脱出
ギルティゲーム stage3 ペルセポネー号の悲劇
ギルティゲーム stage4 ギロンパ帝国へようこそ！
ギルティゲーム stage5 黄金のナイトメア
ギルティゲーム Last stage さよなら、ギルティゲーム

銀色☆フェアリーテイル ①あたしだけが知らない街
銀色☆フェアリーテイル ②きみだけに贈る歌
銀色☆フェアリーテイル ③夢、それぞれの未来
きんかつ！
きんかつ！ 恋する妖怪と舞姫の秘密
ぐらん×ぐらんぱ！ スマホジャック
ぐらん×ぐらんぱ！ スマホジャック ～恋の一騎打ち～
さよなら、かぐや姫 ～月とわたしの物語～
12歳の約束
女優猫あなご
白魔女リンと3悪魔
白魔女リンと3悪魔 フリージング・タイム
白魔女リンと3悪魔 レイニー・シネマ
白魔女リンと3悪魔 スター・フェスティバル
白魔女リンと3悪魔 ダークサイド・マジック
白魔女リンと3悪魔 フルムーン・パニック
白魔女リンと3悪魔 エターナル・ローズ
白魔女リンと3悪魔 ミッドナイト・ジョーカー
白魔女リンと3悪魔 ゴールデン・ラビリンス